La bonne distance

Éditions Verdier
11220 Lagrasse

Du même auteur
dans la même collection

Recouvre-le de lumière, 1990
(Verdier/poche, 2007)

Le Sens de la marche, 2008

Le Fumeur de souvenirs, 2012

Alain Montcouquiol

La bonne distance

Récits

Collection « Faenas »
VERDIER

Collection dirigée par Jean-Michel Mariou

www.editions-verdier.fr

ISBN : 978-2-37856-115-4
ISSN : 1144-7656

À Françoise Martinez

Le type en noir

J'habite si près des arènes qu'il me faut à peine trois minutes pour aller de mon fauteuil jusqu'à ma place habituelle dans le *callejón*. Avant de quitter l'appartement, je regarde toujours par la fenêtre, les branches feuillues des grands micocouliers... Je voudrais qu'elles restent lourdement immobiles et surtout pas secouées par des rafales de vent qui tout à l'heure soulèveront dangereusement les capes et les muletas des toreros...

Je prends ma veste, je ferme la porte, je descends les trois étages, il ne me reste plus qu'à traverser la place pour pénétrer dans la patio de cuadrillas et en quelques secondes aller m'accouder dans un *burladero* de la contre-piste... Malgré l'habitude, les jours de corrida je ne suis jamais capable de parcourir ce court trajet sans devoir lutter contre un profond sentiment de tristesse et d'amertume que je dissimule de mon mieux. Je marche vite comme si j'étais en retard, je fouille mes poches comme si je craignais d'avoir oublié quelque chose...

En traversant le parvis, j'évite toujours de passer trop près de la statue du torero... je la contourne et je ne la regarde pas. Lorsque j'y pense, après, je me trouve ridicule car je sais bien que cette statue n'est pas mon frère... et pourtant... je ne m'en suis jamais approché et je ne suis monté qu'une seule fois sur le socle où elle est judicieusement posée à hauteur d'homme. Les jours de corrida, l'absence de Christian me perturbe et réveille en moi une vieille douleur. J'avance dans la foule de ceux qui, comme moi, vont pénétrer dans les arènes et souvent j'entends quelqu'un dire à mon passage : « Tiens, regarde, le type en noir qui fouille dans ses poches, c'est le frère de Nimeño II. » Et j'imagine alors un doigt désignant la statue. Sans les amis que je croise, qui me saluent et me parlent, il est des jours où je pourrais ne pas m'arrêter, dépasser la porte d'entrée et continuer à marcher, à m'éloigner, c'est-à-dire à fuir. Fuir les souvenirs du temps où nous entrions, Christian et moi, par cette même porte soudés par un précieux sentiment, une sorte d'accord étrangement juste et harmonieux entre inquiétude et espoir.

Aujourd'hui, quoi que je fasse ou que je pense, je reste le frère de Nimeño et, d'une certaine façon, au-delà de sa mort je le représente toujours. C'est curieusement dans la solitude et la difficulté de l'écriture que ce rôle m'est le moins pénible. Pour écrire, je dois lancer ou jeter un grand nombre d'idées dans l'espoir qu'une veuille bien filer droit et rebondir, puis sautiller sur l'eau mouvante des souvenirs… Cela n'arrive pas souvent, mais il suffit de quelques ricochets réussis pour éprouver une petite joie éphémère et toute simple, qui donne du courage pour persévérer, repousser et ne pas écouter le type en noir ; rester positif en me répétant qu'écrire est un privilège qui me permet malgré sa mort de faire encore, parfois, quelque chose avec mon frère. Avec.

Je te pardonne

Depuis la rue, j'allais pousser le portail de fer, qui donnait sur le jardin de la maison, lorsque j'ai vu le grand frère de mon copain monter à toute allure les escaliers qui menaient à l'entrée de l'appartement. Il a ouvert la porte et l'a refermée sur lui rapidement. Il n'avait pas sonné, pas frappé non plus… Je suis resté un instant étonné, puis j'ai attendu, les yeux fixés sur la fenêtre de la cuisine, qu'apparaissent, à travers les petits rideaux blancs, les silhouettes du grand frère de mon copain et de ma mère en train de discuter… Mais rien, aucune ombre derrière les rideaux. J'ai senti naître en moi une grande peur, une angoisse qui faisait battre les veines de mon cou. Je suis entré dans le jardin; je marchais lentement pour ne pas faire crisser le gravier; j'ai monté l'escalier sur la pointe des pieds jusque devant la porte. J'ai tourné précautionneusement la poignée, je suis entré et j'ai refermé sans faire le moindre bruit.

À ma gauche, la porte était grande ouverte sur la cuisine vide. J'ai avancé à petits pas glissants dans le long couloir qui divisait l'appartement en deux, car il me semblait entendre du bruit, tout au fond, vers la chambre de ma mère. Le cœur battant, je m'en suis approché, j'entendais des chuchotements et des rires… J'ai poussé la porte… La chambre était dans le noir, mais j'ai quand même eu le temps de les voir se lever tous les deux du lit avant d'allumer la lampe de chevet.

« On frappe avant d'entrer! On ne rentre pas comme ça dans la chambre des gens! »

Elle criait. J'ai refermé la porte en criant moi aussi :

« Vous vous cachez ! Je m'en fous... Je m'en vais, je vais voir mes copains ! »

J'ai couru vers la sortie, j'ai ouvert et refermé violemment la porte qui donnait sur l'escalier du jardin pour donner l'impression que je venais de partir et je suis revenu sur mes pas pour aller m'enfermer dans ma chambre, mitoyenne de celle dont les occupants venaient de pousser le verrou. J'avais le plus grand mal à respirer. Dans le silence, j'entendais des chuchotements, tantôt je me bouchais les oreilles, tantôt au contraire j'essayais d'écouter et de comprendre ce qu'ils disaient. Je ne savais plus que faire. Partir ?... Rester ?... La bouche ouverte, j'avais l'impression d'étouffer, et je suis resté debout, immobile, les bras ballants. J'ouvrais les mains, je serrais les poings, incapable de prendre une décision. Partir ?... Rester ?... Je ne savais pas, j'ai fini par me glisser sous mon lit, comme pour m'y cacher. Je me suis allongé le dos contre le carrelage, j'ai écarté les bras, puis avec la tête j'ai soulevé un peu le lit, juste assez pour pouvoir glisser chacune de mes mains sous ses gros pieds en bois que j'ai laissé ensuite descendre lentement jusqu'à les poser sur mes doigts. Ainsi crucifié, j'ai attendu les yeux perdus dans le ciel de ressorts et de grillages du sommier que tout cela finisse... Parfois, je fermais fortement les yeux et je sentais de grosses larmes très chaudes couler sur mes joues puis glisser froides le long de mon cou. Je serrais aussi les dents pour supporter, sans grimacer, la douleur de mes mains endolories...

Mon attente ne fut pas très longue, venu de la chambre voisine, j'entendis le petit choc du verrou tiré puis la porte s'ouvrir et se refermer. J'entendis aussi presque immédiatement s'ouvrir et se fermer la porte d'entrée. De la tête, je soulevai le lit pour libérer mes doigts douloureux et me levai pour aller jeter un coup d'œil dans le couloir, personne ni à droite ni à gauche, mais il y avait de la lumière sous la porte de la salle de bains. Depuis la fenêtre de la cuisine, j'ai aperçu le grand frère de mon copain qui s'éloignait dans la rue en fumant. Que faire? Le suivre? Attendre que ma mère sorte de la salle de bains? Je suis sorti et j'ai fui vers la garrigue jusqu'au pied d'un grand cyprès que je connaissais bien. Je l'ai escaladé facilement de branche en branche jusqu'à son sommet flexible. Dans le ciel clair, je regardais voler les martinets, parfois ils passaient si près de moi qu'ils me semblaient énormes et leurs cris menaçants…

Oui! Ils se cachaient tous les deux dans le noir… Oui, ils étaient enfermés dans la chambre… C'est pas normal, c'est pas normal…

En fin d'après-midi, après avoir longtemps marché dans la garrigue, je suis rentré à la maison. Je me suis assis à ma place habituelle à la table de la cuisine, sans dire un mot. Ma mère et moi sommes restés un long moment silencieux, je la regardais à la dérobée… En servant la salade de tomates, elle m'a dit que c'était très mal élevé de rentrer sans frapper, qu'elle avait des choses importantes à régler avec le frère de mon copain, elle a ajouté en souriant : « Allez, fais pas cette tête, n'en parlons plus, ce n'est pas si grave… Je te pardonne. »

Ideales

Inoubliable été 1963. L'été de mon premier voyage en Espagne. Un copain aficionado, Michel Calvini, m'avait sidéré en me proposant sérieusement de l'accompagner jusqu'en Andalousie dans sa 2 CV. Durant tout ce voyage, je n'avais à aucun moment cessé d'être exalté, heureux, envoûté même par la découverte de ce pays. Le mélange de ce que j'avais lu et rêvé avec la réalité qui s'offrait à mes yeux m'avait plongé dans l'incroyable bonheur de vivre et d'assouvir un pur désir.

La première nuit de sommeil en Espagne, ce fut sous une toile de tente, quelque part au bord de la mer. Au matin, nous avions déjeuné silencieusement face aux vagues, puis Michel avait dit : « Ce soir, nous dormirons à Séville. »

Sevilla ! Nous n'étions pas dans la ville depuis deux jours que nous faisions, sans le savoir, nos premiers pas dans une merveilleuse aventure… Elle débuta sur la terrasse ombragée d'un café de la calle Sierpes où nous revenions toujours nous attabler après chacune de nos promenades. Notre fidélité semblait amuser le garçon qui finit par nous demander les raisons de notre séjour :

« *¡Los toros!* avais-je répondu. Nous sommes aficionados et nous espérons bien visiter des arènes, voir des corridas… »

Le garçon semblait surpris d'apprendre qu'il y avait des corridas en France :

« Mais, on n'y tue pas les toros, n'est-ce pas ?

— Si ! si, et les plus grands matadors viennent en France : Dominguín, Ordóñez, Ostos, Valencia… et les arènes de

Nîmes, notre ville, ont plus de deux mille ans et elles peuvent contenir vingt mille spectateurs ! »

À partir de cette conversation, nous avions autant de plaisir à discuter avec cet homme qu'à poursuivre notre visite, pourtant émerveillée de la ville.

Un soir, notre ami *camarero* nous expliqua qu'un parent à lui avait un très bon copain qui avait ses entrées dans un célèbre élevage de toros de combat, proche de Séville.

« Ça vous plairait d'assister à une tienta ?

— *Si señor,* ce serait formidable ! »

Il nous promit d'en parler à son parent et de nous faire inviter si une tienta venait à s'organiser avant notre retour en France.

Deux jours plus tard, après nous avoir servi notre vermouth à l'eau de Seltz, le *camarero* – comment ai-je pu oublier le nom de cet ange ? – nous dit :

« *Todo arreglado...* Tout est arrangé. Soyez demain matin à onze heures chez Guardiola, la ferme s'appelle *El Toruño* et c'est tout près de Sevilla, à Utrera. Je vous ai dessiné ce petit plan, vous verrez, ce n'est pas compliqué, vous n'aurez aucun problème sur place : l'éleveur est déjà averti que deux jeunes Français assisteront à la tienta. Moi, je ne viendrai pas, je travaille, vous me raconterez... »

Nous étions fous de joie, tout cela paraissait irréel.

« Michel, tu crois que c'est sérieux ?

— Oui ! moi, je le vois bien, et puis de toute façon, on va y aller, et de bonne heure ! »

Nous sommes partis très tôt, heureusement, car nous nous sommes souvent trompés avant d'apercevoir le long sentier de terre ocre avec des toros de chaque côté. Des dizaines de superbes et impressionnants toros de combat... « Vous roulerez lentement et si des toros traversent vous vous arrêterez, vous attendrez qu'ils passent et puis tout au bout du chemin vous apercevrez la bâtisse et les petites arènes... »

Nous avons dû effectivement nous arrêter pour laisser deux grands toros noirs traverser à dix mètres devant nous, sans nous voir… Nous n'avons pas bougé d'un cil !

« Putain ! S'ils chargent, ils nous écrasent dans la 2 CV… Ils pèsent au moins six cents kilos, non ?… »

Face à nous, au loin, des voitures alignées devant un bâtiment blanc et ocre qui se découpait sur un ciel bleu magnifique. À peine étions-nous garés, quelqu'un s'est approché :

« *Buenos días,* vous êtes les Français, n'est-ce pas ? Installez-vous sur les gradins, ça ne va pas tarder à commencer. »

Combien de vaches furent torées ? Qui étaient les toreros ? Tout cela s'est effacé de ma mémoire, probablement emporté par l'énorme émotion qui s'empara de moi lorsque quelqu'un depuis la loge de l'éleveur cria en nous désignant de la main :

« *Si los Franceses quieren bajar y torear un poco, la vaca no es mala…* »

C'est ainsi que je m'étais retrouvé sur la piste, quelqu'un m'avait tendu une muleta et une épée de bois. J'avais d'abord précipitamment donné quelques passes puis je m'étais éloigné un peu essoufflé et en sueur face au soleil qui me brûlait les yeux, j'avais affermi la muleta et l'épée dans ma main, je m'étais tenu bien droit pour préparer mon cite. Peut-être ai-je murmuré pour être sûr de ne pas rêver, « tu es en train de toréer chez Guardiola ! », puis j'ai crié « *¡He, vaca!* »… Elle a immédiatement galopé vers moi et je l'ai toréée sans voir le temps passer jusqu'au moment où les toreros et les assistants ont attrapé la vache par les cornes et la queue. Ils avaient du mal à la déséquilibrer pour la faire tomber et la maintenir au sol pendant qu'un *vaquero* coupait la pointe fine de ses cornes noires.

« *¿Puedo?* Je peux garder un bout de corne en souvenir ?

— *¡Claro!* et c'est bien ce que tu as fait. »

La tienta était finie et nous cherchions à savoir qui était l'éleveur pour aller le remercier avant de rentrer à Séville, lorsqu'un homme vint nous dire de nous rapprocher de la bâtisse attenante pour boire un verre… *Tomar una copa.*

Nous avons traversé une grande cour pavée aux murs blancs constellés de pots de fleurs, des géraniums je crois, puis nous sommes entrés dans une longue salle fraîche où deux tables aux nappes blanches étaient recouvertes d'assiettes débordantes de jambon, de morceaux d'omelette, de fromages. Il y avait aussi des olives, des câpres, des anchois, et des boissons : de la bière, du vin, des alcools…

Sur les murs, de grandes affiches de corridas, des photos, d'imposantes têtes de toros naturalisées, des vitrines aussi, contenant des sculptures en bronze, en argent et un grand nombre de plaques commémorant les triomphes des toros de Guardiola dans les grandes ferias. Et puis beaucoup de monde qui parlait haut et fort, commentant, mimant, pour certains, les événements de la matinée. Les toreros sont arrivés en dernier, ils s'étaient changés, leurs cheveux étaient mouillés encore par la douche qu'ils venaient de prendre. Ils laissaient sur leur passage une fraîche odeur d'eau de Cologne… Michel et moi nous tenions à l'écart, muets d'admiration… On nous poussa vers les tables :

« *¡Venga!* Servez-vous, vous êtes ici chez vous ! »

Nous avons d'abord observé les autres avant de les imiter : un verre dans une main, un cure-dent dans l'autre, nous avons piqué sans manières dans tous ces plats délicieux, Michel m'a dit :

« Tu te rends compte, la chance qu'on a ? Quelle journée ! »

Nous demandâmes à saluer l'éleveur, et c'est moi qui expliquai de mon mieux à Juan Guardiola notre voyage depuis Nîmes, notre afición et l'incroyable bonheur qui était le nôtre de pouvoir vivre, grâce à lui, des instants aussi inoubliables…

« *Nada, nada,* ce n'est rien, *hombre* ! L'afición française est une grande afición, puis il me fit quelques compliments, *muy bien, no te has rajado y has pegado algunos muletazos buenos de verdad.* Tu ne t'es pas dégonflé, et tu as donné quelques bonnes passes ! »

Avant de s'éloigner, il me tendit son paquet d'Ideales :

« *¿Fumas?*

— Oui. »

Les Ideales étaient de grosses cigarettes pré-roulées qu'il fallait d'abord démailloter pour faire apparaître la partie gommée du papier, les humecter d'un coup de langue puis, entre les deux pouces et les deux index, les rouler jusqu'à constituer la cigarette définitive. J'y étais arrivé du premier coup ! Pendant que Michel discutait, je suis sorti dans la fournaise de la cour, j'ai marché jusque sur la piste des arènes désertes, j'ai allumé ma cigarette puis j'ai grimpé sur les gradins pour la fumer en regardant les toros au loin. Lorsque je suis arrivé à la moitié de la cigarette, je l'ai éteinte en la grattant contre le mur et j'ai glissé le mégot dans ma boîte d'allumettes.

Le cœur battant, essoufflé de bonheur, j'ai pensé : « Je vais devenir torero. »

Le soir à Séville, j'ai jeté les allumettes et j'ai écrit à l'intérieur de la boîte : « 1963. Première tienta, en Espagne, chez Guardiola. »

Cette boîte, je l'ai retrouvée dix ans plus tard, avec le petit bout de corne noir, au fond d'un vieux sac de voyage. C'était l'époque où je savais que je ne serais jamais le torero dont j'avais rêvé, il était trop tard, je n'avais pas assez de courage, de folie et de patience pour cela. J'étais abattu. J'avais voulu être grand, je n'en avais pas été capable, ma punition, mon châtiment serait à la hauteur de cet échec : je ne rêverais plus jamais pour moi.

J'ai sorti le mégot de la boîte, où restait encore une allumette en cire coincée dans une pliure, je l'ai allumée et j'ai aspiré puis avalé goulûment l'immonde fumée. Ça m'a d'abord fait du bien, puis ma tête s'est mise à tourner comme si je tombais dans le vide, ensuite j'ai senti dans la gorge et la poitrine une vive brûlure qui me fit tousser, tousser au point que mes yeux se remplirent de larmes : de « fausses larmes », murmurai-je rageusement, entre deux quintes de toux, tant je refusais de laisser le présent – aussi triste fût-il – ternir le souvenir à jamais précieux, du jour si lointain où j'avais allumé pour la première fois la cigarette dont je venais précipitamment de jeter l'ultime mégot… Il me brûlait aussi les doigts.

El Rubio

Les quatre coups de l'horloge du lycée Daudet tout proche marquaient la fin de notre longue attente assis sur les pierres brûlantes de l'amphithéâtre. Nos regards se concentraient vers la piste ovale, vers le portail à double battant par où apparaîtraient, dans une demi-heure exactement, les matadors et leurs cuadrillas. Ils étaient déjà dans les arènes, encore cachés à nos yeux dans les coulisses, peut-être agenouillés, priant dans le silence de la chapelle. Ils étaient arrivés, c'était sûr!... car la grande porte venait de s'entrebâiller pour laisser le passage à un petit homme aux cheveux blancs et frisés, courbé sous le poids d'une grosse malle en cuir posée sur ses épaules et maintenue en équilibre avec ses deux bras haut levés au-dessus de sa tête. L'homme avançait dans la contre-piste à petits pas glissants et rapides, jambes ployées, pressé de se débarrasser de son très lourd fardeau. Arrivé à l'emplacement où se tiendraient les toreros, il appuya la malle contre le mur et tout en la retenant il la fit lentement glisser jusqu'à la poser sur le sol. Il se redressa quelques secondes, les deux mains ouvertes appuyées sur les reins, puis il sortit de la malle capes et muletas, qu'il étendit sur le haut de la barricade pour les brosser.

Parfois il ressortait par la même porte d'où nous l'avions vu apparaître pour revenir portant cette fois-ci l'étui de cuir contenant les épées ou la grosse cruche en terre blanche toute suante d'eau fraîche.

Le petit bonhomme dont nous observions attentivement tous les gestes, c'était « El Rubio ».

Nous étions fiers de connaître une petite part de son histoire, de pouvoir affirmer que son frère Pedro travaillait aussi avec lui et surtout qu'on pouvait les voir et leur parler, car ils habitaient à Nîmes et se rendaient souvent au bar *Le Tout Va Bien,* place Montcalm.

Rubio et son frère avaient fui l'Espagne lorsqu'il leur apparut inévitable qu'elle resterait encore très longtemps dirigée par Franco.

Arrivés à Nîmes, leur vie n'avait pas été facile, mais ils ne s'étaient jamais plaints car, disaient-ils, le travail ne manquait pas. Ouvriers agricoles, maçons, saisonniers ou manutentionnaires, les deux frères se débrouillaient et, malgré l'exil, ils avaient gardé des amitiés dans le monde de la tauromachie en Espagne. Aussi, quand les toreros espagnols venaient se produire à Nîmes ou dans la région, ils faisaient appel à eux pour réserver les chambres d'hôtel et les attendre jusqu'à leur arrivée, souvent tard dans la nuit. Sur les toits des voitures, ils dénouaient l'entrelacement des cordes et tendeurs qui maintenaient sous la lourde bâche imperméable les bagages de toute l'équipe… Et ils donnaient à chacun la clef de sa chambre, après y avoir déposé leurs valises.

Le jour de la corrida c'est eux qui accompagnaient les hommes au restaurant, qui leur indiquaient la route pour aller jusqu'aux *corrales,* voir les toros. Ils étaient un peu guides, un peu traducteurs, ils étaient les *ayudas,* les aides.

Des aides à tout faire, heureux de gagner ainsi un peu d'argent et… beaucoup de prestige.

C'est donc au bar *Le Tout Va Bien,* que le petit Manolo – l'intellectuel du groupe – avait joliment rebaptisé « Le Rien Va Mal », que j'avais fait connaissance des frères « Rubio » et de leurs compatriotes espagnols réfugiés politiques ou économiques. Tous vivaient modestement, mais l'ambiance du café était toujours animée et souvent joyeuse, car c'était un lieu d'entraide, d'échanges et de débrouillardises partagées…

Presque tous pratiquaient le « grappillage », chacun avait son coin où, en accord avec le propriétaire, il pouvait venir dans les champs ramasser « proprement » le reste des récoltes. Ainsi, suivant les saisons, les fruits et les légumes se vendaient ou s'échangeaient au bistrot. Certains grappilleurs étaient considérés comme des spécialistes d'un produit particulier : il y avait le meilleur ramasseur d'escargots, de poireaux de vigne, de champignons... Au printemps, Rubio n'avait pas de rival pour trouver des asperges sauvages; là où les plus habiles revenaient avec quelques bouquets, lui remplissait une cagette. Certains jours il ramenait des asperges violettes et grosses comme un stylo...

« Mais, enfin, demandaient les clients du bar, admiratifs, comment fais-tu ?

— Je cherche ! »

Il n'en disait pas plus, mais ses petits yeux brillaient de malice et de plaisir.

Au *Tout Va Bien* on parlait français et espagnol, nous qui aimions les toros par-dessus tout mélangions délicieusement les deux langues et c'était une joie d'écouter Rubio et ses copains raconter leur vie en Espagne avant la guerre civile. Enfant, Rubio avait travaillé dans un élevage de toros de combat. C'est là qu'il s'était pris de passion pour ces animaux terribles et magnifiques et pour les jeunes gens qui osaient les affronter. C'est dans ce même élevage qu'il avait vécu sa première grande émotion, son premier souvenir inoubliable. Il avait dix ans, et un matin, chargé de se joindre au personnel pour arracher les mauvaises herbes et ratisser la piste de la petite arène de tienta, il avait trébuché et s'était violemment cogné le front contre le mur de pierre. Le grand matador Marcial Lalanda, témoin de l'accident, s'était approché de lui, avait sorti de sa poche un grand mouchoir blanc et une pièce de monnaie en disant : « Bouge pas petit ! je vais te soigner. »

Il avait posé la pièce sur l'hématome puis l'avait maintenue en place sous le mouchoir blanc roulé en bandeau. Il avait ainsi entouré la tête de l'enfant avant de nouer fortement les pointes du mouchoir derrière le crâne : « Et voilà ! tu ressembles un peu à un corsaire, mais tu n'auras pas de bosse. »

Deux heures plus tard, la tienta terminée, Marcial avait appelé le gamin, il avait délicatement dénoué le mouchoir, récupéré la pièce, puis enfouissant le tout au fond de sa poche, avait déclaré : « Parfait ! Tu n'as presque plus rien... »

Les invités avaient fait un cercle autour d'eux, félicitant le célèbre matador pour son habileté.

« Tu ne peux pas savoir Alain comme j'étais fier et ému, je devais être rouge comme une tomate ! J'étais un peu déçu aussi : j'avais espéré qu'il me donnerait le mouchoir, peut-être même la pièce... »

Son autre grande aventure taurine avait eu pour cadre, un demi-siècle plus tard, l'hôtel Imperator à Nîmes. Luis Miguel Dominguín, alors au sommet de sa gloire, parlait avec un groupe d'amis lorsque, l'apercevant, il l'interpella : « Rubio, *por favor,* veux-tu monter jusque dans ma chambre, voilà la clé, dans une valise noire, tu trouveras une mallette marron, tu l'ouvriras avec cette clé et tu trouveras trois enveloppes avec des dollars, des pesetas et des francs... tu prends l'enveloppe avec les francs et tu me la ramènes ici. »

« Tu te rends compte ! la confiance qu'il m'a faite ? J'aurais pu partir avec la malle ou voler les quelques billets...

— Mais non, le maestro a toujours eu la vista... Il a tout de suite vu que tu étais un honnête homme.

— Peut-être, n'empêche qu'avec moi, qui suis un pauvre diable, Dominguín s'est comporté comme un seigneur, et cette histoire je ne l'oublierai jamais. Il m'a fait honneur devant tous ses amis ! »

Rubio n'avait pas fréquenté que des vedettes... Il m'avait habillé de torero quelquefois lorsque j'étais novillero. Il ne parlait presque pas, je l'entendais respirer fort dans le silence de la chambre… Il s'appliquait.

« Ce n'est pas trop serré, torero ? »

Lorsque l'habillage était terminé, il me regardait attentivement de la tête aux pieds avec un grand sérieux et ce regard me faisait torero.

Quand Christian et Chinito enfants commencèrent à toréer dans les villages des petites capeas sans mise à mort, il proposa de nous accompagner pour faire le *mozo de espadas*.

« C'est très gentil, mais tu sais il n'y a pas d'argent.

— Je le sais bien, c'est pas pour l'argent, c'est parce que ça me plaît et que je vous estime. »

Les gamins étaient alors des débutants maladroits et courageux, mais le comportement de Rubio avec eux avait toujours été aussi appliqué et sérieux que s'ils avaient été deux célèbres matadors.

Un jour Rubio reçut un courrier via le consulat d'Espagne à Nîmes : une nouvelle sensationnelle et incroyable. Son fils, qu'il croyait mort en Espagne depuis plus de trente ans, vivait à Madrid et… l'attendait.

« Il vit à Torrejón de Ardoz, tout près de Madrid, il est propriétaire de son restaurant et m'a retrouvé. Il veut que j'aille vivre avec lui, tu te rends compte ? »

Ce même matin, Rubio m'a demandé de l'accompagner chez lui…

« Voilà Alain, je n'emporte presque rien, prends tout ce qu'il te plaît ici… »

J'ai fini par accepter son offre et je suis parti avec deux cagettes remplies de revues tauromachiques, d'affiches de corridas et de photos publicitaires des nombreux matadors pour lesquels il avait travaillé. Nous nous sommes donné un *abrazo* et je ne l'ai plus revu jusqu'à l'année suivante à Torrejón, où nous nous sommes arrêtés en allant à Madrid.

À travers la vitre du restaurant, depuis le parking, nous l'avons tout de suite reconnu et nous sommes restés un moment à le regarder circulant de table en table. De loin, on aurait pu croire qu'il portait devant lui une sorte d'accordéon : c'était sa boîte à cigarettes... Posée sur sa nuque, comme une étroite écharpe, une lanière de cuir descendait de chaque côté le long de son torse et venait se boutonner sur un plateau de contreplaqué entièrement recouvert de paquets de cigarettes, de cigares, papier à rouler et d'allumettes de cire... Bien calé contre son ventre, parfaitement tenu à l'horizontale par l'ingénieux système de bretelles, le plateau faisait corps avec lui qui avait ainsi les mains libres pour servir les clients, encaisser ou boire tranquillement un verre.

Un instant je me suis senti un peu gêné d'être le témoin de son modeste petit job et puis très vite je m'en suis voulu. Rubio que je connaissais bien ne pouvait pas avoir ce genre de stupide pensée : il se rendait tout simplement utile et tout allait bien! Nous sommes entrés, il nous a fièrement présenté son fils qui tout de suite nous a préparé une table avec vin et excellentes tapas, puis durant plus d'une heure nous avons parlé de sa nouvelle vie, de Nîmes, de ses amis restés là-bas à qui je donnerais des nouvelles.

« Rubio! on va y aller, mais chaque fois que nous viendrons à Madrid par la route nous nous arrêterons.

— Ça nous fera très plaisir et puis pour qu'on n'en parle plus, chaque fois que vous viendrez ici vous serez nos invités.

— Lorsque je ferai ma présentation à Madrid, c'est nous qui t'inviterons, a dit Christian en l'embrassant.

— Et tu triompheras! »

Devant la voiture sur le parking où il nous avait accompagnés, il glissa deux paquets de Marlboro dans ma poche :

« Des vraies américaines, de la base aérienne... »

Il m'avait dit aussi : « Parfois j'ai la nostalgie de Nîmes. »

Nous n'avons plus jamais revu Rubio, il est mort l'année suivante, quelques semaines avant que nous retournions à Madrid.

Les gens qui l'ont connu savent qu'il avait six doigts à chaque main et mon frère lui disait :

« Si tu avais été guitariste, tu aurais été *fenomenal* !

— Oh, moi si j'avais pu choisir : torero, rien d'autre. »

Durant de nombreuses années, chaque fois que nous passions en voiture à la hauteur de Torrejón de Ardoz, nous reparlions de Rubio. Une nuit de voyage, entre deux corridas, Christian avait eu cette jolie phrase : « Il avait douze doigts et peut-être deux cœurs… »

L'oreille

Mon frère Christian, qui ne s'appelle pas encore Nimeño II, a treize ans quand il participe pour la première fois, avec son copain Lucien Orlewski « Chinito », à une capea dans les arènes de Tarascon.

Les petits taureaux qu'ils affrontent sont très difficiles, ils donnent des coups de corne dans tous les sens et foncent droit sur les apprentis toreros qu'ils devinent derrière leur cape. Impossible pour les deux gamins de toréer comme ils en ont rêvé. Ils sont souvent bousculés, parfois soulevés sur les cornes puis jetés au sol. La chemise blanche de Christian dépasse de son pantalon déchiré, il a les cheveux en bataille et, sur son visage empoussiéré, une grimace de rage. Il ne se décourage pas, continue à prendre des risques, réussit une jolie passe puis se fait arracher la muleta à la suivante... Le public, compréhensif, l'encourage et le conseille : « Laisse tomber petit ! Tu vois bien qu'il est mauvais ce taureau, c'est une carne ! »

Christian n'écoute pas. Il insiste et roule à nouveau dans la poussière. Je lui crie : « Change de côté... essaie de toréer à gauche ! »

Un spectateur, agacé, s'adresse à moi : « Hé ! toi, le grand, là-bas, tais-toi ! T'as qu'à y aller toi, t'as pas honte d'exploiter ces gosses ? »

Furieux, je me retourne vers lui : « C'est mon frère ! » L'homme reste une seconde décontenancé par ma réponse puis il pose un doigt sous son œil, tire sur la peau en me criant : « Et ta sœur ! »

Le public rigole... Alors, je dis à Christian : « Abrège! Prend le simulacre, finissons-en... »

Christian simule habilement l'estocade en plantant le mini-harpon enrubanné sur le garrot du taurillon. Le public applaudit chaleureusement pendant qu'au micro le président de la course annonce : « Trompettes!... » pour faire rentrer l'animal au toril puis ajoute : « Une oreille symbolique au jeune Christian pour récompenser sa vaillance. »

Quelle chance! Mon frère va enfin pouvoir étrenner la très originale invention mise au point avec Lucien : deux oreilles de taureau récupérées aux abattoirs puis mises à sécher durant des semaines sous d'épaisses couches de gros sel. Ils ont maintenant deux trophées rigides, parfaitement naturalisés, lavés, peignés, prêts à l'emploi... Christian s'empare d'une oreille, la lève à bout de bras, toute brillante, en direction de la présidence, s'incline pour remercier comme les grands matadors, puis entreprend en souriant un tour de piste sous l'ovation.

« Hé! Christian, lui souffle Chinito, ne la lance pas au public... ils ne vont pas nous la rendre. »

Le caleçon de Pablo

Nous avions fait connaissance dans une clairière de la Casa de Campo à Madrid. Pablo, comme moi, voulait devenir torero. Nous nous entraînions tous les jours, en attendant un premier contrat qui ne venait jamais... L'été, l'attente était vraiment pénible car, dans quasiment tous les villages autour de Madrid se déroulaient des petits spectacles taurins, ceux-là mêmes où nous rêvions d'être engagés. Nous pensions, comme dans *Aprendiendo a morir,* le film retraçant les débuts de Manuel Benítez « El Cordobés », qu'un jour l'organisateur d'une de ces courses viendrait jusque dans cette petite clairière pour nous proposer de toréer... Tous les jours, nous passions des heures à courir en avant, en arrière, à sauter à la corde, à faire de la gymnastique, à toréer aussi inlassablement des toros imaginaires. Et puis, surtout pour ne pas perdre espoir, nous parlions, nous rêvions, nous imaginions un avenir heureux, et l'avenir c'était le toro face auquel nous serions si courageux que les portes du succès s'ouvriraient devant nous.

Un matin du mois de juillet 1965, à la suite de je ne sais plus quel miracle, nous nous vîmes annoncés, Pablo et moi, sur une même affiche, lui comme *sobresaliente,* moi comme matador. En l'apprenant, Pablo fut probablement déçu de ce rôle secondaire de remplaçant, un peu jaloux aussi, mais il ne le montra pas. Cette course serait, nous en étions persuadés, la ligne de départ pour de futures grandes aventures. Nous aimions décrire tous les bonheurs que nous apporterait la réussite. Et lorsque, depuis notre grande pauvreté, nous parlions d'argent, nos conversations devenaient exaltantes et se transformaient très vite en une sorte de concours de générosité virtuelle qui nous enflammait. Nous serions généreux avec nos familles, nos amis, nous donnerions à manger à ceux qui ont faim, nous réparerions les injustices en châtiant les salauds... Notre tauromachie serait magnifique, aussi, en dehors des arènes.

La veille de la course, emplis d'illusion, nous sommes partis en autobus vers le petit village d'Aragon où nous allions nous produire. Dans la pension de famille, nous partagions la même grande chambre à deux lits. Chacun avait d'abord disposé sur une chaise son costume de lumière de location, puis nous étions allés nous promener dans le village. En réalité, la promenade n'avait qu'un but : trouver une affiche pour y lire nos noms imprimés. Nous avons fini par en trouver autour du guichet des arènes. Elles étaient solidement collées au mur, impossible d'en arracher une.

« On demandera à la pension, peut-être ont-ils aussi des petits programmes, je voudrais en envoyer à mes parents et à mes amis...

— Oui, moi aussi. C'est important de pouvoir prouver qu'on a déjà été engagés sérieusement.

— C'est quand même dommage de ne pas avoir un toro chacun...

— C'est vrai, mais on n'y peut rien... et puis tu pourras toréer un peu mon novillo... un joli quite... »

Après le dîner, de retour dans la chambre, j'ai dit à Pablo : « Je passe le premier dans la salle de bains, j'en ai pour cinq minutes. » Quand je suis ressorti en slip, après m'être douché, j'ai presque tout de suite senti que l'ambiance n'était plus la même... Pablo ne me regardait pas, sans un mot il se dirigea vers la salle de bains. Quand il en est sorti, il portait un caleçon blanc qui lui cachait le nombril et lui arrivait à mi-cuisses. Il s'est glissé sous le drap, s'est assis le dos appuyé contre l'oreiller, puis il s'est raclé la gorge et m'a dit :

« Alain, comme nous sommes amis, je dois te parler franchement et ce n'est pas facile.

— Vas-y, qu'est-ce qui se passe ?

— Eh bien, depuis que je t'ai vu avec cette espèce de culotte de femme que tu portes, je suis mal à l'aise… Ici, en Espagne, les hommes portent des caleçons comme le mien… Et si on te voyait avec ta…

— Slip ! En France, ça s'appelle un slip !

— Ici, si on te voyait avec ça, on se moquerait de toi, tu choquerais, on te trouverait ridicule…

— Écoute Pablo, en France, tout le monde porte des slips comme moi et c'est normal !

— Je te crois, mais ici, tu es en Espagne et tu es torero… ça change tout, tu comprends ? »

J'étais un peu interloqué…

« Alors, tout à l'heure, tu as pensé que j'étais un peu trop… féminin ?

— Non, je n'ai rien pensé, j'étais juste très gêné, j'avais un peu honte pour toi et je ne savais pas comment t'en parler, sans te blesser ou te vexer. Mais le plus important, Alain, c'est demain. Quand on va s'habiller avec les banderilleros, fais-moi confiance, tu mettras un de mes caleçons que je vais te donner. À Madrid, je te dirai où en acheter.

— Merci Pablo. Je vais suivre tes conseils. »

Nous avons éteint la lumière.

« *Buenas noches, torero.*

— *Buenas noches,* Pablo… tu vois le plus ennuyeux dans cette histoire c'est que je ne vais pas pouvoir la raconter. Tu imagines ? À qui pourrais-je dire : “Il est sympa Pablo, et généreux, il m'a offert un caleçon. Il choisit ma lingerie.” »

Nous avons beaucoup ri.

Tintin de Caissargues

Il venait presque tous les jours jeter un coup d'œil à l'entraînement des jeunes toreros dans les arènes de Caissargues. Il ne restait jamais très longtemps, mais si je n'étais pas occupé à toréer ou à faire le toro, il venait droit vers moi et me demandait : « Alors, c'est quand que tu me donnes une paire de banderilles ? »

Ces demandes réitérées m'agaçaient d'autant plus que c'était moi qui en étais responsable. La première fois, je n'avais pas osé lui dire que je ne lui donnerais pas de banderilles, de peur qu'il ne se blesse… et j'avais répondu par un mensonge : « Je n'en ai pas en ce moment. »

Tintin était bien moins compliqué que moi, il était direct et constant.

« Alors, tu en as maintenant des banderilles ? Et tu me les donnes quand ? »

Un soir, fatigué par ces demandes qui se répétaient plusieurs fois par semaine, je lui demandai brutalement : « Mais qu'est-ce que tu veux en faire des banderilles ? »

Il me regarda stupéfait, comme on regarde un abruti et me dit sèchement : « Pour choper les taupes, con ! »

Jour de feria à Mérida

Pour ne pas avoir à traverser la ville par le centre embouteillé et bruyant, Gabriel, le chauffeur de taxi qui conduisait Christian tous les jours aux arènes puis le ramenait à l'hôtel, lui proposait régulièrement de faire un détour par le quartier populaire du Viaducto, plus tranquille et plus direct. La feria et son vacarme n'arrivaient pas jusque dans ces rues mal entretenues, bordées de maisons basses dont les murs écaillés gardaient pourtant encore par endroits les couleurs vives d'anciens badigeons. Avec la musique vénézuélienne et la salsa à la radio, le soleil, la douceur de l'air et la végétation fleurie, on pouvait, lors d'un premier passage rapide, trouver ces lieux charmants. Mais, dès le passage suivant, le délabrement des bicoques, les toits en tôle ondulée, les égouts à ciel ouvert, la pauvreté des habitants nous sautaient au cœur.

Christian ne toréait pas ce jour-là. Nous roulions lentement dans la rue principale, dont la chaussée souvent déformée montait et descendait en épousant les dénivellations naturelles du terrain, jusqu'à la sortie du *barrio* où, sur une grande place en terre battue, s'élevaient les arènes. À petits coups de klaxon polis, Gabriel s'ouvrait patiemment un passage dans la foule joyeuse des aficionados puis s'arrêtait face à la grande porte dont les battants ne tardaient pas à s'ouvrir tirés par deux portiers souriants !

« *¡Buenas tardes, matador!*

— *¡Buenas tardes, señores!* »

Le chauffeur commençait alors ses manœuvres dans la cour encombrée pour positionner au mieux la voiture dans le sens du départ.

« Et voilà, déclarait-il chaque fois satisfait en coupant le moteur, nous sommes mieux garés que le *gobernador* ! »

Cet après-midi-là, dès la corrida terminée, je suis sorti de la cour des arènes car, par le portail grand ouvert, il m'avait semblé voir un homme allongé à plat ventre au milieu de la foule. Les gens s'interpellaient, se rassemblaient en groupes et discutaient sans prêter attention à l'homme à terre. Intrigué, je me suis approché et j'ai vu qu'il s'agissait d'un jeune infirme, au corps maigre et difforme, à plat ventre sur une longue planche à roulettes qu'il poussait et dirigeait avec ses mains protégées par des chiffons. Il se déplaçait ainsi habilement au milieu d'une forêt de jambes. Parfois, il s'arrêtait, posait sa joue sur son bras replié : il semblait dormir. Puis redressant la tête, tordant le cou pour voir en haut le visage de ceux à qui il demandait l'aumône, il secouait une boîte de conserve où tintaient des pièces de monnaie. Tout son corps en sueur, ses vêtements sales, noirs de poussière, faisaient un terrible contraste avec nous, « les debout ». Je n'arrivais pas à détacher mon regard de cette scène. J'observais attentivement les réactions, ou l'absence de réactions des passants lorsque, surpris par une voix venue d'en bas, à leurs pieds, ils découvraient l'infirme. Si l'un d'entre eux fouillait dans ses poches et déposait quelque monnaie dans la boîte, tout le groupe l'imitait. À l'inverse si le premier à apercevoir l'homme au sol continuait sa conversation, tout le groupe restait solidaire dans la même indifférence.

Christian m'a sorti de ma contemplation : « Alain ! ça fait dix minutes qu'on t'attend devant le taxi ! Qu'est-ce que tu fais ?

— Regarde !

— Tu lui as donné quelque chose ?

— Non, pas encore…

— Alors, j'y vais, toi va à la voiture, j'arrive… »

En montant à l'avant, à côté de Gabriel, mon frère s'est retourné pour me dire : « C'est affreux, la vie de ce type. » À peine avions-nous démarré en direction du Viaducto que Christian a soudainement demandé au chauffeur de s'arrêter. Un gamin – huit à dix ans, peut-être – est arrivé en courant devant la portière. Il a serré la main à Christian…

« *¡Buenas tardes, matador!* »

Christian est descendu pour que le gosse s'assoie entre lui et le chauffeur.

« Tu étais bien placé ? La corrida t'a plu ? »

Le gamin (un mélange du petit chanteur espagnol des années cinquante, Joselito, « l'enfant à la voix d'or », et du héros du film d'Irving Rapper *Les clameurs se sont tues*) commença alors posément un compte rendu étonnant de précision et d'intelligence sur la corrida du jour. Puis, il interrogea Christian :

« Allez-vous toréer la feria d'Avril à Séville ? »

« Quels sont vos prochains contrats en Amérique avant de retourner en Europe ? »

« Quel costume porterez-vous demain ? »

« On dit que vous avez offert un costume rouge et or au novillero Leonardo Coronado, c'est vrai ? »

Le chauffeur roulait lentement, car en cette fin de journée il y avait beaucoup de monde devant les maisons, et les enfants jouaient jusqu'au milieu de la rue. Tous s'arrêtaient pour laisser passer notre voiture, et le gamin sans cesser de parler et d'écouter faisait parfois un signe à une connaissance. J'ai vu Christian lui glisser discrètement dans la main un petit rouleau de bolivars. Le gamin – et j'ai aimé ça – lui a très simplement dit : « *Gracias, matador.* »

Christian lui a alors parlé du gars sur sa planche à roulettes :

« Tu le connais ?

— Oui… (il a dit un nom), il est comme ça depuis toujours, je crois qu'il a eu une maladie… Il a sa famille dans le quartier, c'est triste. Mais vous verriez, matador, comme il descend les pentes avec son *carrito… ¡Es muy valiente!* »

Nous étions subjugués par l'intelligence et le charisme de cet enfant, si drôle et si sérieux en même temps, si précis et mesuré dans ses propos. Le chauffeur qui l'écoutait comme nous, lui demanda : « *Chico,* je te dépose où ?

— Le matador vous le dira… il sait où j'habite. »

Nous étions épatés. Peu de temps après, Christian a dit : « On va s'arrêter là, à côté de la *fuente de soda.* » Il est descendu pour laisser sortir le gamin, qui nous a souhaité une bonne soirée, puis a serré la main de Christian en lui disant avec beaucoup de sérieux : « *Suerte* pour demain, matador ! »

Lorsque la voiture a redémarré, le gosse a secoué les bras au-dessus de sa tête en criant très fort pour que tous les voisins et les passants l'entendent : « *¡Adios Nimeño! ¡Suerte torero!* »

« Celui-là, a dit le chauffeur en souriant, il devrait réussir dans la vie.

— Je l'espère, a dit Christian, il mérite d'avoir de la chance. »

Nous étions en février 1989. Quelques mois plus tard, dans les arènes d'Arles l'aventure de torero et la vie de mon frère seraient brisées par Pañolero, le grand toro gris de Miura. Le gamin l'aura appris par les journaux, la radio, il aura sûrement vu les images de l'accident à la télévision, car Nimeño était célèbre et très aimé au Venezuela.

Si je n'ai jamais oublié cette brève rencontre dans un taxi à Mérida, c'est sans doute parce que j'associe, encore aujourd'hui, le sourire de ce gamin à celui de Christian heureux… Heureux.

Je n'aime pas le gin

Le père du jeune torero m'avait entraîné jusqu'à la cafétéria de l'aéroport de Madrid pour, dit-il, me demander un service : « Je ne pars pas avec vous ce soir au Mexique, ça nous aurait fait trop de frais, et je le regrette car mon fils Antonio, que tu connais bien, s'il est déjà un homme dans l'arène est encore un peu un enfant dans la vie, il est très gentil, naïf, et je me fais du souci, je ne voudrais pas qu'il se laisse entraîner par de mauvaises personnes... Surtout en Amérique, où les voyous sont nombreux. Si tu pouvais, discrètement, jeter un coup d'œil comme tu le fais avec ton frère, ça me rassurerait... »

J'avais promis. C'est Christian qui me le rappela quelques jours plus tard à Mexico. Il m'avait rejoint, comme chaque matin, à la cafétéria de l'hôtel pour prendre le petit déjeuner et organiser notre journée.

« Je viens, me dit-il, de taper à la porte de la chambre d'Antonio. Il ne veut pas venir à l'entraînement, il a l'air malade et sa chambre sent l'alcool. Rater un entraînement ou boire, ça ne lui ressemble pas, tu devrais aller le voir...

— D'accord, je vais y aller. Après l'entraînement, surtout n'oublie pas que nous avons rendez-vous pour une interview à treize heures avec Pancho Lazo au journal. Repasse par ici pour te changer, ils ont prévu une séance de photos... Moi, je vais retourner au bureau du docteur Gaona*, il finira bien par me recevoir. »

* Directeur des arènes de Mexico.

Antonio Martínez « La Crónica », le banderillero de Christian est arrivé comme d'habitude très en retard, il s'est assis un instant avec nous, le temps de prendre un café, et de me dire : « Vous savez, le docteur Gaona, il est comme les toros mexicains : pour qu'ils chargent bien il faut être patient, ne pas les brusquer… » Tous les deux sont partis en riant pour aller s'entraîner dans les grandes arènes.

En entrant dans la chambre d'Antonio, j'ai bien remarqué son air soucieux mais aussi sur la table de nuit des petites bouteilles d'alcool, de celles qu'on trouve dans les minibars. Antonio avait suivi mon regard et me dit : « J'allais vous appeler car mon père m'a dit que je pouvais vous parler si j'avais un problème, et je crois bien en avoir un grave.

— Tu es malade ?

— Non ! Je vais vous expliquer… Voilà, hier après-midi à la piscine de l'hôtel, j'ai fait la connaissance d'une très belle fille, je sommeillais derrière mes lunettes noires, face au soleil, quand une voix douce m'a dit : "Excusez-moi de vous déranger, matador, mais je voudrais un autographe." J'ouvris les yeux sur le sourire éblouissant d'une jeune femme brune, moulée dans un jean et un débardeur blanc… Elle me tendait, avec un stylo, une de mes photos publicitaires. Le *mozo de espadas* avait dû en déposer une pile sur le comptoir de l'hôtel… J'ai signé sa photo, elle s'appelle Lola, je lui ai offert un verre. Et nous sommes restés une heure à parler. Elle est en vacances avec ses parents et loge dans ce même hôtel. Je ne pouvais pas la regarder longtemps dans les yeux tant sa beauté m'éblouissait et me faisait un peu peur. Elle m'a beaucoup questionné sur mon métier et lorsqu'elle m'a demandé la couleur du costume que je porterai pour la course dimanche, je lui ai dit que je ne savais pas encore et que je me déciderai le jour même, puis j'ai osé lui proposer de venir les voir. J'ai même ajouté un peu bêtement qu'elle n'avait rien à craindre car je suis un garçon bien éduqué et timide, ce qui l'a fait rire. Dans la chambre, je lui ai montré mes deux costumes, nous avons encore parlé… puis je ne sais pas ce qui m'a pris, j'ai osé enfermer timidement ses mains dans les miennes et je l'ai doucement embrassée sur les lèvres. Alors, comment vous dire, on a pris feu tous les deux et on l'a fait…

— Mais Antonio, ça ne me regarde pas, ce qui me préoccupe ce sont ces petites bouteilles…

— J'y viens… Quand Lola m'a dit qu'elle devait rejoindre ses parents pour dîner, je suis retourné au bord de la piscine et c'est là que j'ai rencontré Gomez, le taxi… "Bravo torero, belle prise, m'a-t-il dit, mais la fille que vous venez d'embarquer je ne la connais pas, vous devriez faire attention, une maladie est vite attrapée avec des inconnues… Moi, je suis d'ici et pour ces choses, je pourrais vous conseiller." Je lui ai dit sèchement de ne pas se mêler de mes affaires, mais son discours m'a fait très peur, je suis retourné dans ma chambre, je me suis à nouveau savonné et douché, puis j'ai pensé que je devais peut-être me désinfecter mieux. Dans le frigo-bar, j'ai sorti des petites bouteilles de gin, j'en ai rempli un verre et j'ai trempé mon sexe dans l'alcool. Ça me brûlait mais j'ai supporté la douleur en regardant la télévision. Après le repas et avant de me coucher, j'ai mouillé un mouchoir avec du gin et j'ai emmailloté mon sexe pour la nuit. J'espère avoir tué tous les microbes. Mais j'ai mal dormi, je crains d'avoir peut-être attrapé une maladie. D'ailleurs, je ne pense qu'à ça et ce matin, c'est un peu rouge et ça me pique… À votre avis, que dois-je faire maintenant ? »

Antonio, très sérieux, attendait ma réponse, puis il sembla se détendre lorsqu'il me vit sourire : « Tu sais, lui dis-je, ce Gomez se considère comme le fournisseur en filles des clients de l'hôtel… Toi, tu le connais comme chauffeur de taxi, mais il fait aussi le sale métier de maquereau. Quand il t'a vu partir avec une cliente et pas avec une de ses protégées, ça l'a mis en colère. Tout ce qu'il t'a dit est pure méchanceté, n'y pense plus. À mon avis ce qui t'irrite c'est surtout l'alcool. Alors, plus de trempette dans le gin et ça passera tout seul. »

Je n'avais plus jamais repensé à cette histoire jusqu'à un soir sur la route de Salamanca où la cuadrilla d'Antonio et celle de mon frère s'étaient retrouvées dans le même restaurant. À la fin du repas, le patron très aficionado avait demandé aux deux matadors de signer le livre d'or, puis il avait offert à chacun un chorizo long comme un bras avant de proposer : « Un *cafecito,* un cognac, un whisky, un gin… »

« Pour moi, dit Antonio, ce sera très peu de whisky avec beaucoup de glace, je n'aime pas le gin. » Nos regards se sont croisés et nous avons souri discrètement.

Le sarape marron

Dès que j'eus raccroché le téléphone, je suis descendu dans le hall de l'hôtel Palace pour guetter le retour de Christian, parti tôt ce matin, s'entraîner au parc de Chapultepec. J'étais impatient de lui annoncer une très bonne nouvelle : dans une semaine, il se produirait à nouveau dans les arènes monumentales. J'imaginais sa joie, enfin sa façon de marquer sa joie... les lèvres pincées, le regard brillant, il hocherait la tête lentement en me serrant la main très fort.

Il serait le témoin de l'alternative de David Liceaga, le parrain étant Marcos Ortega, avec qui il avait toréé en France lorsqu'ils étaient novilleros. Le nom de l'élevage, *Rancho Seco,* m'avait tout de suite inquiété sans que je puisse en déterminer la cause. Je n'en avais évidemment rien dit à Christian, mais l'après-midi même mon inquiétude prit la forme du souvenir très précis d'une affreuse photographie. Il s'agissait de l'accident mortel du matador Pancho Pavón, soulevé, suspendu à la corne d'un toro de Peñuelas. La photo de cette corne enfoncée dans le ventre du jeune homme m'avait longtemps tourmenté. J'avais lu que Pancho Pavón était le fils du ganadero de Rancho Seco. Les deux mots s'étaient alors gravés dans ma mémoire comme synonyme de malchance, malheur, tragédie... Rancho Seco... Je m'efforçais – difficilement – de chasser ces pensées si peu rationnelles... Elles n'étaient pourtant qu'une manifestation de plus de mon inquiétude d'avant toutes les corridas de Christian. Je n'ai jamais pu me débarrasser de cette peur.

Durant la semaine précédant la course, je l'accompagnais à l'entraînement à la Monumental. J'en sortais épuisé et couvert de sueur. Christian, amusé, me disait toujours : « On va s'arrêter dans une cantina pour reprendre des forces, tu as l'air un peu déshydraté, non ?... » Nous buvions de grands verres de jus de fruits en dévorant des œufs *rancheros* avec des tortillas de maïs et des sauces piquantes.

La date de la course approchant, des photos de Christian parurent dans la presse. C'est ainsi qu'un matin, la patronne de la *cantina* reconnut dans son client affamé le matador Nimeño II. Nous allions partir lorsque deux hommes, chapeau à la main, s'arrêtèrent devant notre table :

« Matador, dit l'un d'eux, nous venons d'apprendre que vous allez toréer ici dimanche. Nous feriez-vous l'honneur de prendre un verre avec nous ?

— *Con mucho gusto,* asseyez-vous, répondit Christian.

— Merci. Voyez-vous matador, nous sommes mon *compadre* et moi de bons aficionados. Dimanche, vous ne nous verrez pas sur les gradins. Alors, nous profitons de cette occasion pour vous souhaiter de tout cœur, beaucoup de chance. »

Christian remercia, répondant à toutes leurs questions, expliquant la France, l'Espagne, notre vie ici au Mexique et surtout cette grande passion pour les toros qui nous unissait tous. La conversation fut captivante, car ces deux hommes, d'apparence très modeste, parlaient posément, employant des mots si précis, si justes que nous n'avons pas vu le temps passer. Lorsque nous avons énuméré tous les matadors mexicains venus se produire en France, nous avons vu dans leur regard de la fierté. J'avais ensuite retenu un compliment adressé à Christian : « Vous les toreros, qui jouez votre vie avec élégance... »

Soudain la patronne apparut portant une vieille guitare. Elle la tendit à Christian :

« Je viens de me la faire prêter par ma fille... matador, voudriez-vous jouer un tout petit morceau pour nous... J'ai lu que vous aimiez jouer de la guitare... »

Christian, gêné, répondit qu'il ne jouait pas très bien, mais il ne put s'empêcher de gratter un peu les cordes puis se piquant au jeu, il dit : « Dommage que je n'aie pas un capodastre… » Le problème fut rapidement réglé avec un crayon et un bout d'élastique. Alors, il se mit à jouer lentement, avec cœur… Ce fut un moment très beau, très pur… J'écoutais ému, conscient que ces instants ne s'effaceraient pas de nos mémoires. Quand les Mexicains se levèrent, l'un d'eux s'adressa gravement à Christian :

« Matador, je ne vous ai jamais vu toréer mais à vous entendre parler puis à écouter ce que vous aimez jouer, je sais déjà un peu du torero que vous êtes. Permettez-moi de vous offrir mon sarape, dit-il, en le retirant de ses épaules… »

Christian accepta sans manières. Nous avons échangé un *abrazo* puis nous sommes tous sortis. Sur le trottoir, mon frère, son sarape sous le bras, était joyeux et rayonnait de confiance. Les regards brillants et les sourires clairs des deux hommes que nous ne reverrions sans doute jamais nous avaient ramenés à la source même de notre passion. De loin, nous nous sommes encore salués de la main.

« Matador, cria l'un d'eux, en désignant du doigt la grande arène, dimanche, il faut chauffer ça jusqu'au rouge vif. Dieu vous protégera, vous triompherez et nous serons fiers. »

Dès cet instant, je fus intimement persuadé que ce dimanche serait une grande journée.

Dans la chambre à l'hôtel, après la corrida qui fut un triomphe, je remarquai, posé sur le dossier d'un fauteuil, le sarape marron…

Christian, qui avait suivi mon regard, a dit : « Ils m'ont porté chance. »

Pepe Cáceres

Sur la piste, juste devant moi, Pepe Cáceres dans son costume rose et or baisse la tête et fixe avec résignation le sable de l'arène.

Son visage ruisselle, les gouttes de sueur glissent, rapides, le long de son nez, ou bien coulent sur ses joues, se rassemblent sous son menton et disparaissent absorbées par le col de sa chemise blanche.

Le public, debout, siffle. Hurle. Le vacarme est énorme.

Au-dessus de moi au premier rang, un gros bonhomme coiffé d'un chapeau de cow-boy a mis ses mains en porte-voix. Il vocifère à l'adresse du torero : « Pepe, tu es fini ! *¡Viejo!... ¡Eres viejo!* »

Cáceres vient de tuer péniblement son deuxième toro. La course est terminée pour lui, il se faufile, essoufflé et triste, dans le *burladero.*

À chaque temps mort, pendant le combat des toros suivants, le gros bonhomme s'adresse au torero en martelant ces mots : « Retire-toi ! Tu es fini ! Trop vieux... »

Cáceres ne dit rien, ne réagit pas. Il est accoudé à la barricade et n'en bouge, à la fin du spectacle, que pour s'avancer de quelques pas en direction de la présidence. Il lève alors le doigt comme un élève dans la classe. Le président hoche la tête et sort un mouchoir blanc.

Le micro grésille, et dans le silence retrouvé l'annonce « *¡Su atención por favor! ¡Su atención!* Le matador Pepe Cáceres offre un toro ! » déclenche l'enthousiasme.

Les hurlements du public couvrent les notes acérées de la trompette.

Cáceres, que j'observe, semble ailleurs, absent, comme s'il n'était pour rien dans la sortie impétueuse du toro noir de Clara Sierra qui vient frapper contre le *burladero,* arrachant aux planches de bois rouge une nuée d'esquilles blanches...

À sa façon de galoper, de se retourner, la tête basse, en plein élan, dès qu'un banderillero le provoque, je sens que ce toro a du talent. Autant de talent que Pepe Cáceres dont les longues véroniques au ralenti enflamment le public qui, pressentant le triomphe, scande maintenant : « Co-lom-bia ! Co-lom-bia ! »

Cáceres offre aux spectateurs ce toro de la réconciliation et se dirige lentement juste sous l'homme qui l'avait insulté. Il s'agenouille élégamment, appelle le toro d'une voix étrangement douce et, laissant les cornes lui frôler la poitrine, il dessine, sur l'aller-retour, cinq passes qui déclenchent une formidable ovation. Il se lève alors et, à pas lents, majestueux, va se placer au centre de la piste à dix mètres du toro, la muleta tenue dans la main gauche, l'épée dans la main droite cachée derrière son dos. Le spectateur au chapeau de cow-boy est debout, les bras tendus en direction du torero, il lui crie : « Pardonne-moi, Pepe, tu es toujours le meilleur, *el mejor* ! »

Sans un regard pour son juge, le torero plisse un instant les yeux sous le vent des applaudissements qui font trembler l'arène. Et c'est la première note du paso-doble qui fait superbement s'élancer le toro.

On se tue ?

Valencia (Venezuela), 1988.

Avec la cuadrilla, nous arrivions des arènes après le tirage au sort des toros. En pénétrant dans le hall de l'hôtel, le patron nous dit que le *mozo de espadas* était venu prendre les capes et les muletas pour les brosser et les nettoyer.

« Le *mozo de espadas* ?... Mais c'est impossible, il était avec nous aux arènes... Comment était ce type ? Qu'est-ce qu'il vous a dit ?

— C'était un homme jeune, sympa, il a dit : "Je suis le *mozo de espadas* du matador Nimeño, je viens prendre son matériel pour le nettoyer." J'ai sorti l'*esportón* et il est parti avec...

— Un *ladrón* ! Un voleur ! s'exclame notre amie Margarita, un type qui s'est fait passer pour le mozo de Christian... un *hijo de puta* ! »

Elle interrogea le patron, se fit longuement décrire le voleur puis à notre grande surprise, elle nous dit son nom : « C'est Gonzalo, un modeste novillero sans contrat. »

Bouillante de rage, Margarita prévint la police, les journaux, pendant que nous nous faisions prêter des capes et des muletas par les matadors qui toréaient l'après-midi même avec mon frère.

Deux jours plus tard, un aficionado nous téléphona de Maracay, il venait de se voir proposer à bon prix, des capes « cadeau de Nimeño ». Rapidement tout le matériel fut récupéré. Quant au voleur, il déclara qu'il ne regrettait rien et qu'il se vengerait du « vrai voleur, ce putain de Français qui venait voler les contrats des matadors vénézuéliens. J'ai volé un voleur, pas plus, et dès que je sors de tôle, je le tue ».

Je savais qu'il n'irait pas en prison car nous n'avions pas porté plainte. Or, s'il voulait vraiment agresser Christian, il pouvait le faire. J'avais mis sérieusement mon frère en garde : « Fais attention, ce type est exalté, il est sûrement capable de te faire du mal pour se venger… »

Le dimanche suivant, Christian toréait à Valle de la Pascua et sachant le voleur en liberté, j'étais très nerveux. Il pouvait surgir de la foule à l'entrée ou à la sortie des arènes, l'agresser et pourquoi pas avec un couteau ? En fait ma nervosité tenait beaucoup au souvenir d'un fait divers qui m'avait impressionné. Il s'agissait de novilleros vénézuéliens, mécontents de je ne sais quel imprésario, qu'ils avaient aspergé de vitriol !

Quant à Christian, pour « simplifier » la situation, il avait fait savoir autour de lui qu'il ne craignait pas le voleur et qu'il souhaitait le rencontrer : « S'il a des couilles, qu'il vienne me voir ! »

L'affaire pouvait devenir franchement pénible. Mais un matin, en rentrant de l'entraînement, Christian nous dit :

« On s'est vu avec Gonzalo !

— Et, alors ?

— Alors ? Rien, je l'ai regardé dans les yeux et je lui ai dit : on se tue ? Il m'a répondu : on boit un coup avant ? On a bu, on a parlé, entre toreros… tout va bien. »

Arles, 22 avril 2019

Dans la chambre claire de l'hôtel Arlatan, posé sur une chaise, le costume bleu et or, dans lequel Thomas Joubert aurait pu mourir, la fémorale déchiquetée, dans les arènes de Bayonne il y a huit mois. Étalées, sur une table basse, une très petite cape et une très petite muleta : ce sont ses jouets lorsqu'il était enfant... Lui dit : lorsque j'étais petit. Ces objets sont imprégnés de rêves magnifiques, et je pense qu'aujourd'hui ils sont au bon endroit, à leur juste place.

Dans deux heures, Thomas a rendez-vous, sur la piste des arènes, avec trois grands toros de combat mais aussi et surtout avec lui-même. Un échec pourrait à jamais le priver de se revoir dans les yeux des toros.

Pour que le temps passe plus vite, et pour éloigner l'inquiétude, je vais faire des allers-retours entre le hall de l'hôtel et les petites ruelles bruyantes qui entourent la place du Forum. Je marche aussi sur la jetée déserte le long du Rhône, je laisse les souvenirs, les craintes et les espoirs s'installer dans mon esprit... Je n'en chasse aucun, je les laisse prendre la place qu'ils désirent... Les images des plus atroces blessures côtoient celles des triomphes rêvés... J'ai une pensée fugace pour le jeune homme qui venait s'asseoir sur cet escalier de pierre dont les marches sortent de l'eau, ou y pénètrent. Il mangeait un sandwich en attendant l'heure de la corrida et devait s'imaginer triomphant dans l'amphithéâtre tout proche. C'était moi, il y a si longtemps. Christian vient souvent se joindre à ma rêverie et son souvenir aujourd'hui n'est pas triste, il ajoute même une grave beauté au lent déplacement silencieux du fleuve.

Seize heures. Thomas et ses hommes arrivent aux arènes. Il fait froid dans le long tunnel obscur où nous avançons lentement en direction de la piste ensoleillée… Juste avant d'y arriver, je reconnais à gauche les quelques marches qui vont me conduire face au rideau grenat qui masque l'entrée de la chapelle… J'attends à l'écart que les autres toreros en sortent avant d'y pénétrer à mon tour. « S'il vous plaît, que tout se passe bien »… J'ai pu le dire à mi-voix, j'étais seul. Je ne m'attarde pas dans ce silence, je ne veux pas être aspiré par tout un passé qui me lie à cette arène, ce couloir, l'infirmerie, la chapelle… Ne pas y repenser, pas ici… pas aujourd'hui.

Je vais rejoindre Thomas… Calme, grave, il finit d'ajuster sur son épaule sa cape de paseo. Avec les premières notes de *Carmen,* les portes s'ouvrent grand sur la piste. Nous nous serrons la main : « *¡Suerte torero!* »

Dans ces moments de grande vérité et de grande tension, on va à l'essentiel avec au cœur l'intuition, un peu mystérieuse, que le meilleur est possible.

Les étourneaux

Pour ne pas la réveiller, je me suis levé très lentement, je n'ai pas allumé la lumière du couloir et je me suis guidé dans le noir en laissant mes doigts glisser sur le dos des livres alignés tout au long des étagères de la bibliothèque. Avant de sortir de l'obscurité totale où j'avançais à pas glissants, je me suis arrêté car l'idée m'était venue de saisir un livre à tâtons et de l'emporter dans le séjour, sous la fenêtre sans volet face aux arènes où la faible lumière du jour naissant serait suffisante pour en découvrir le titre et l'auteur.

Cette première fois, j'avais attrapé *Cent ans de solitude* de García Márquez. Un de mes livres préférés. Une chance d'être tombé sur ce titre car mes livres ne sont jamais rangés ni classés, je les aligne au hasard, lorsque des piles trop importantes encombrent la table de chevet, le bureau, les chaises… J'essaie alors de les caser en écartant les autres sur les étagères. C'est ainsi que des livres relus dix fois côtoient ceux que je n'ai jamais pu terminer, les livres en français, ceux en espagnol, les policiers, les livres de cuisine ou de tauromachie… Ce désordre, qui m'agace tant lorsque je cherche un titre en particulier, allait devenir la base même du jeu de hasard pour insomniaque que j'étais en train d'inventer. Pour cette première expérience, j'avais saisi le dernier livre que mes doigts avaient touché, mais les nuits suivantes je complexifiais mes choix. Je tâtonnais, je décidais de prendre le dixième livre par exemple, de revenir en arrière ou bien même de ne plus me servir sur le rayonnage le plus accessible.

Parfois en fouillant, sur la rangée la plus haute, je prenais le risque de recevoir sur la tête un éboulement de livres avec le danger supplémentaire que le fracas ne réveille Françoise en sursaut et que je doive piteusement m'expliquer :

« Excuse-moi, je cherchais un livre...

— Et, tu le cherches dans le noir ?... mon pauvre Alain. »

Je n'avais jamais changé la règle principale du jeu : lire systématiquement et attentivement le livre emporté jusqu'à ce que le réveil sonne à sept heures. Et cela, même si la malchance m'avait attribué un ouvrage que je savais dès le premier coup d'œil trop compliqué pour moi ou bien pour lequel je n'avais jamais eu la moindre attirance. Malgré tous ces inconvénients, je tenais à mon petit jeu et j'allais posément jusqu'au bout de mon temps de lecture. Pour les livres qui ne me plaisaient pas, le temps me paraissait interminable. J'imaginais alors le réveil arrêté. Je me levais de mon fauteuil pour aller vérifier... Il m'arrivait, bien sûr, de penser que tout cela était idiot mais j'aimais toujours l'idée de laisser le hasard décider de bien faire ou de mal faire. Il faisait bien lorsqu'il m'attribuait Juan Rulfo, Traven, Steinbeck, Rimbaud ou Lorca... Il faisait mal lorsque je découvrais dans ma main, un ouvrage tauromachique qui me ramenait directement à Christian dont le souvenir m'était plus douloureux encore avec la naissance du jour... Ces matins-là, la lecture s'arrêtait et je restais longtemps debout face à la fenêtre. Je regardais distraitement le va-et-vient des pigeons, depuis le sol de l'îlot Grill*, jusqu'au sommet des grands arbres ou des arènes, les quelques rares piétons pressés, les voitures et les bus aux phares encore allumés. À travers la moustiquaire mon regard finissait par ne plus se détacher du ciel gris au-dessus des arènes où le vent naissant effilochait les nuages. J'aurais voulu que le soleil ne se lève

* Emplacement de l'actuel musée de la Romanité.

pas, que le ciel s'assombrisse encore au lieu de s'éclaircir et qu'il soit de plus en plus menaçant.

Un matin d'hiver, avant même de regarder le titre du livre que je serrais dans ma main, le froid m'avait fait me diriger d'abord vers la cuisine pour enclencher le thermostat de la chaudière. Lorsqu'un bruit, inhabituel à cette heure matinale, m'inquiéta. Le frigo qui marcherait mal ? La chaudière ? Il me suffit d'un seul regard vers la fenêtre pour comprendre que le bruit inconnu venait de la rue, c'était celui d'un immense vol d'étourneaux, si étendu, si compact qu'il me cachait une partie des arènes. J'entrouvre doucement la fenêtre : le bruit sourd et feutré des milliers d'ailes emplit la cuisine. Le grand nuage marron n'en finit pas de défiler à quelques mètres de moi. Les oiseaux volent bas car ils s'apprêtent à se poser sur les trois ou quatre grands alisiers face à moi. En quelques secondes, tout le vol s'élève un peu dans un ultime virage puis il tombe en grappes et se pose sur les branches qui plient et frémissent. Les arbres deviennent marron en même temps qu'une pluie de feuilles jaunes dégringole et va former un tapis circulaire au pied des troncs. Je suis si intrigué et intéressé par l'étrangeté de la scène que j'en oublie le froid et mon livre. Je me sers un bol de café, je pense même à prendre une photo. Le temps de trouver l'appareil et de le mettre en marche, je suis arrêté par un autre bruit sourd, plus violent, un grand souffle comme si quelque chose venait brusquement de s'enflammer. En fait, tous les oiseaux s'envolent en même temps, d'un seul coup en une sorte de grande gerbe sombre. Les branches, libérées, redevenues légères, se redressent vivement provoquant une nouvelle pluie de feuilles jaunes. Le grand vol d'étourneaux se reconstitue, je le regarde prendre de la hauteur, peindre de longues traînées noires sur le ciel rosissant au-dessus des arènes… puis disparaître.

Au pied des arbres nus, les tapis de feuilles jaunes n'ont pas résisté longtemps aux premiers grands souffles du mistral. Les feuilles ont été soulevées en tourbillons puis elles sont retombées, dispersées sur le parvis, autour de la statue du torero et sur les boulevards que j'avais un temps oubliés. Tout apparaissait soudainement sale et très triste. Le livre était resté sur le rebord de la fenêtre. Sans regarder son titre, je l'ai reposé sur une étagère de la bibliothèque et mon petit jeu de hasard s'est définitivement arrêté ce matin-là.

Iginio

Je rentrais chez moi en longeant le musée de la Romanité, afin de ne pas passer trop près de la statue du torero, quand un homme, depuis le parvis des arènes m'interpella bruyamment : « Nimeño ! Nimeño ! »... en essayant de se frayer un passage au milieu des voitures... « Alan ! Alan ! »... Les coups de klaxon réprobateurs des automobilistes ne gênaient en rien mon inconnu qui criait en agitant les bras au-dessus de sa tête : « *¡Alan, que suerte tengo, encontrarte aqui, tan cerquita del maestro!* Quelle chance de te rencontrer, si près du maestro ! » Les passants nous regardaient l'un et l'autre, si j'osais je ferais demi-tour... L'homme à l'accent mexicain se résigne à attendre le feu vert et me regarde en hochant la tête, l'air réjoui. Et là je reconnais Iginio Hernández, le photographe taurin... Que peut-il bien faire ici ? Lorsqu'il m'arrive de rencontrer des amis sud-américains à Nîmes c'est toujours durant les ferias, or nous sommes en octobre. Et pourtant c'est bien lui, Iginio ! La dernière fois que je l'avais rencontré, c'était en 2008, à Mexico, lors d'un hommage rendu à mon frère, mais je l'avais connu bien avant, dans les années quatre-vingt. C'est le seul homme que je connaisse à avoir adopté une tombe. Enfin, « l'adoption », ce n'est pas lui qui m'en avait parlé, il m'avait, seulement, proposé de l'accompagner, entre deux corridas de Christian, dans le cimetière d'un village du Michoacán pour visiter ses parents, le jour des Morts. La vérité, je l'ai sue par un ami journaliste quelque temps après... Iginio avait été abandonné à la naissance, son nom, il le devait à celui qui l'avait trouvé et l'avait amené à l'orphelinat. Une fois adulte, il avait enquêté dans les cimetières, les services d'état civil pour trouver un couple d'Hernández morts sans descendant, dont la sépulture serait à l'abandon. Quand il finit par localiser la tombe idéale, il l'avait en quelque sorte adoptée avec ses occupants dont il avait fait ses parents. Il ne savait pas que je connaissais son secret mais j'avais compris son besoin de chercher des témoins pour donner vie à son mensonge. Avec moi, l'étranger de passage, c'était plus facile.

Pendant que ces souvenirs me revenaient, Iginio traversa le boulevard et, après un petit saut malhabile pour éviter une borne, me rejoignit devant le musée. Là, dans un flot de paroles, il m'expliqua avoir vendu une petite maison héritée de ses parents et s'être ainsi offert ce séjour en Europe dont il rêvait depuis longtemps.

« Nous sommes un petit groupe d'aficionados, sept avec moi, c'est très agréable. Nous avons commencé par Paris, et maintenant en minibus nous visitons la France, après Arles où nous étions hier, je tenais à passer par Nîmes découvrir la statue du maestro. Ce soir, *si Dios quiere,* nous serons à Lourdes, puis ce sera Madrid et la feria d'Automne, évidemment nous serons de retour au Mexique avant *el día de los Muertos,* car tu sais l'importance pour moi, d'aller ce jour-là, me recueillir sur la tombe de mes parents… »

Il me raconte le tout sur un rythme accéléré, sans trop m'interroger mais je le vois soudainement mal à l'aise quand je l'invite à prendre un verre pour parler plus tranquillement.

« *Gracias,* mais nous sommes un peu pressés, nous venons de déjeuner là, précise-t-il, en me montrant le *Wine Bar.* Et maintenant nous devons prendre la route. Voilà mon téléphone, appelle-moi si tu viens à Mexico… »

Un *abrazo,* même deux et Iginio s'en va. Il marche lentement presque en hésitant et tandis qu'il s'apprête à traverser, le voilà qui revient vers moi.

« Je t'ai menti Alan, excuse-moi, la vérité c'est que je n'ai pas vendu la maison de mes parents...

— Mais je le sais, Iginio !...

— Comment ça, tu le sais ? » dit-il, en me coupant la parole...

Aïe ! Comment avais-je pu être assez stupide pour imaginer un instant qu'il allait, là sur ce trottoir, me dévoiler le secret de la tombe et de ses parents... J'ai voulu réparer ma maladresse mais il ne m'écoutait déjà plus...

« Mes parents n'avaient pas de maison, vois-tu ce voyage, ce n'est pas du tourisme, je le fais comme accompagnateur de ce groupe, je m'occupe des bagages, des entrées dans les musées, les théâtres. À Madrid, je vais essayer de leur présenter quelques taurins. La vie est dure à Mexico, tu sais, je n'ai plus la force de travailler comme je le faisais dans la photo taurine en courant les arènes et puis avec le numérique... et je n'ai qu'une très petite retraite. Quand ces riches aficionados m'ont proposé de m'engager pour ce voyage, j'y ai vu l'occasion inespérée de connaître la France et l'Espagne en gagnant un peu d'argent. Ce n'est pas facile tous les jours avec eux. Lorsque je t'ai aperçu, je me suis échappé quelques instants mais je dois les rejoindre... Dis-moi, Alan, ce n'était pas prévu, mais est-ce que tu accepterais de les rencontrer ? je crois qu'ils aimeraient, si tu leur parlais un moment de la tauromachie en France... de toi... de Christian... J'ai honte de te le demander mais pour mon travail, c'est très important, tu comprends... »

À la terrasse du *Wine Bar,* il m'a présenté : « *Mi amigo Alan, hermano de Nimeño...* »

Tous se souvenaient d'avoir vu toréer Christian, nous avons échangé intensément des souvenirs pendant quelques minutes. Iginio nous regardait, si heureux que j'en avais oublié son malaise et ses mensonges jusqu'à ce qu'il me demande discrètement de faire une photo avec le groupe autour de la statue.

« Non, je ne peux pas poser à côté de la statue de mon frère, c'est trop dur pour moi… »

Il a d'abord paru surpris puis il m'a serré l'épaule en chuchotant : « Je te comprends, c'est comme si on me demandait de le faire devant la tombe de mes parents ! »

Huit cents jours

Assis dans le public, face au lecteur, dans le grand hall de Carré d'art, j'écoutais dans le silence la voix grave de Pierre Imhasly, le poète et écrivain suisse installé à Nîmes par amour, évoquer ta longue marche vers la mort. Je n'avais pas imaginé qu'en présentant son livre *Rhône Saga,* il parlerait de toi, la surprise avait un instant arrêté ma respiration… J'écoutais vraiment, m'accrochant aux mots et à leurs sons comme à des bouées pour ne pas me laisser emporter dans cette tristesse dont je sais trop bien comment elle peut déboucher sur une angoissante incapacité à agir ou réagir…

Il avait dit : « Plus de huit cents jours d'agonie entre l'accident d'Arles et son suicide. » Je réalisai alors ce chiffre pour la première fois. Je ne l'oublierai plus.

Face à moi, dès que j'ouvrais à nouveau les yeux la pyramide de marches d'un escalier couleur vert pâle et argent et plus haut d'autres marches encore à l'envers dans une géométrie de vitres transparentes, d'ombres et de lumières figées. Lorsque la voix se fut tue, le chiffre se mit à me tourmenter : huit cents… Et, je pensais aux huit cents matins où tu avais dû te répéter les résolutions dont tu ne pouvais faire des raisons de vivre… Aux huit cents nuits où tu avais cherché le repos pour retrouver des forces et reprendre ton désespérant combat du lendemain. Je savais que tu portais depuis toujours en toi ce courage et ce désespoir. Il ne s'était jamais passé un seul matin ni un seul soir où je n'ai imaginé, pendant que tu les vivais, tes réveils, tes couchers… C'est peut-être pour cela aussi que j'avais compris si vite qu'il fallait avoir peur, que tu allais vraiment te tuer.

Le jour où j'ai appris ta mort a été le plus calme des huit cents jours qui avaient précédé. Oui. Le jour de ta mort, j'ai été calme, c'est-à-dire capable d'aller voir et toucher ton corps, capable de me tenir droit, de trouver et de dire sans bredouiller les mots du récit. Je te devais bien ça. Et ce calme, surprenant, n'avait rien de mystérieux, je le comprends bien aujourd'hui... Il avait duré le temps où tu as cherché et fini par trouver ta place. Le temps où tu t'es élevé ? Enfoncé ?... Le temps où tu as disparu ?... je ne sais où, entraîné par le vacarme ou bien le silence de ta toute jeune mort.

La belle voix de Pierre Imhasly s'élevait à nouveau, rattrapant mes pensées, les entraînant avec elle comme on accompagne quelqu'un qui peine à avancer et que l'on conduit doucement vers une hauteur depuis laquelle son regard change. Une hauteur qui transforme les murs, les impasses, les marches d'escalier en des formes, des volumes, des dessins dont on ne craint rien... Une hauteur d'où les maux ont aussi quelquefois une infime possibilité de devenir des mots. De vrais mots pour dire.

Alamares

Le corps de Christian a été inhumé vêtu de la *chaquetilla* de son dernier costume de lumière. La *taleguilla* est restée chez moi dans sa housse grise presque trente ans, au fond d'une armoire, sans que j'y touche jusqu'à ce soir de novembre 2017 où je l'ai sortie de l'ombre. J'ai étalé sur mes genoux ce drôle de pantalon et je suis resté longtemps à regarder les broderies, les cordons dorés et les paillettes qui brillaient encore sous la lumière électrique. J'ai glissé mon doigt dans la petite déchirure du tissu à hauteur de la cuisse... C'est là que la corne fine a accroché, troué l'étoffe. Sous le choc, Christian a été soulevé, projeté en l'air, puis est retombé lourdement sur la nuque.

À la seule écoute de mes sentiments de l'instant, du présent, je suis resté longtemps immobile. Je me sentais calme, sans colère, sans angoisse. Sur le bureau, à portée de main, dépassant d'un bouquet de stylos debout dans un verre, j'ai vu le cutter. La suite s'est imposée à moi, sans que j'aie même à y penser. J'ai tranché les lacets qui retiennent les *machos* au bas du pantalon, puis j'ai détaché les passementeries, les *alamares* en sectionnant tous les fils qui les tenaient étroitement cousus sur le tissu parme... Mais pourquoi, ai-je toujours écrit « lavande » ? Après les avoir minutieusement débarrassés des petits bouts de fils encore accrochés à eux, j'ai aligné sur une feuille de papier blanc les douze *alamares* et les quatre *machos* dorés.

Je me suis ensuite attaqué, sans m'en douter, au plus difficile : prélever les deux longues bandes de satin, couvertes de broderies, cousues sur les côtés de la *taleguilla*.

La lame de cutter bien à plat, j'ai glissé la pointe entre les deux épaisseurs de tissu, j'ai sectionné quelques centimètres de fils, puis j'ai soulevé mon incision pour constater que dessous les points de couture étaient innombrables et très compacts. Le tissu, les broderies, les paillettes, les cordons dorés, tout était solidement cousu. J'avançais précautionneusement, tranchant les fils, l'un après l'autre, pour ne rien abîmer. Lorsque j'eus complètement détaché les deux bandes, je les ai étalées sur la table devant moi. À mes pieds, sur le tapis constellé de bouts de fils blancs, le petit tas informe du tissu, débarrassé de ses broderies, n'était plus qu'un chiffon froissé, dérisoire… J'allai le jeter à la poubelle. Plus tard, un ami me fit remarquer que m'être débarrassé si vite de la partie la moins brillante du costume, pour ne garder que ses broderies, n'était peut-être pas un acte anodin. Peut-être…

Comme je racontais ce coup de cœur, ce coup de tête à mon ami Claude Viallat, il m'a écouté puis m'a demandé si je serais d'accord pour le laisser inclure ces deux bandes de satin brodées dans son travail. Ce geste d'amitié me toucha et j'ai repensé au parcours de ces broderies depuis le soleil des arènes d'Arles, le jour du drame, jusqu'à leur long sommeil dans l'obscurité d'une armoire pour renaître, remises en lumière par un artiste. L'œuvre m'apparut alors comme un bel hommage à mon frère. Curieusement, elle n'a jamais été exposée. De projets avortés en incidents divers, elle n'a pu revenir dans la lumière. C'est à croire qu'elle s'accroche à un destin obscur, comme si coincée au fond d'une armoire, pliée et rangée dans un atelier ou empaquetée pour d'improbables voyages, elle résistait à toute autre destinée que l'ombre.

Une année encore, comme si je ne le connaissais pas par cœur, je refais le compte. 1991-2020… Vingt-neuf ans que le corps de Christian est là, couché face à moi, sous la pierre, dans la terre… Parfois, je l'imagine dans sa veste brodée, sous l'apparence d'une gravure de Guadalupe Posada… Je pense à cette moitié de costume pour toujours éteinte dans l'obscurité de sa tombe et à l'autre, qui ne veut pas d'une autre vie.

Cigale

Je me suis vu courant puis freinant un peu pour me placer de profil, l'épaule en avant, et glisser mon corps dans l'étroit passage entre le mur de béton et le *burladero*.

La modeste petite arène, en plein champ, ne possédait pas de barricades mais trois abris de planches disposés parallèlement au mur circulaire comme autant de solides paravents. Une fois réfugié à l'intérieur, j'ai découvert incrédule que l'autre entrée de mon abri était fermée par deux planches croisées en X. J'ai pensé que j'avais de la chance car, dans ma précipitation, j'aurais pu me présenter face à l'entrée condamnée et m'en apercevoir trop tard pour échapper au danger que je fuyais... Le toro m'aurait alors écrasé entre le mur et les planches. Le toro ou la vache ou autre chose que je redoutais mais que je n'avais, curieusement, pas vu et que je ne voyais d'ailleurs toujours pas.

Devant mes yeux, seul un brouillard grisâtre derrière lequel j'entendais des cris, des piétinements, des souffles, enfin les sons habituels des toreros lorsqu'ils s'entraînent dans les élevages. J'avais beau écarquiller les yeux, lever la tête, mon champ de vision se limitait incompréhensiblement à celui de quelqu'un regardant la tête baissée, comme à la messe durant l'élévation... Je ne voyais distinctement que le haut des planches sur lesquelles j'étais accoudé, puis le sable de la piste sur deux ou trois mètres tout au plus devant moi. Le reste était flou, ce n'était pas normal...

Je sentais confusément monter en moi une inquiétude, puis une peur qui cessa dès que mon attention fut attirée par la découverte d'une grosse cigale. Elle était posée là, sur l'extérieur du *burladero,* côté piste, à un mètre du sol sur une partie grisâtre et sale des planches écaillées, se confondant avec elles au point de la rendre presque invisible. Moi, je ne l'avais repérée que grâce à ma vision partielle et surtout parce qu'elle était très près de mes yeux. Sans plus réfléchir, je suis sorti de mon abri, j'ai pénétré imprudemment dans la piste et je me suis agenouillé à la hauteur de l'insecte pour tenter de l'attraper.

Voulais-je la protéger ? Je ne sais pas. Toujours est-il que j'ai très lentement avancé la main, le pouce et l'index en pince... c'est alors que j'ai entendu les cris des toreros :

« Attention ! Attention ! *¡Cuidado!* »

Je me suis redressé vivement et j'ai senti dans mon dos et sous mon bras quelque chose me frôler à l'instant même où je me glissais à nouveau dans mon abri ; malgré mon émotion, j'avais attrapé la cigale et je ne l'avais pas lâchée. Je la tenais serrée et vibrante entre mes doigts. Je m'apprêtais à la libérer mais j'ai voulu d'abord en avertir les toreros invisibles :

« Attention, je vais la lâcher ! »

J'ai ajouté : « Ménagez-la, elle n'a plus beaucoup de force », puis je l'ai lancée en l'air, face à moi, mais elle ne s'est pas envolée, elle est tombée lourdement sur le dos. J'étais désolé et j'ai voulu sortir à nouveau sur la piste pour l'aider à se redresser. Mais les toreros, que je ne voyais toujours pas, m'ont crié : « Non, non ! Laisse-la, laissons-la reprendre son souffle et qu'elle récupère... »

Je n'ai pas quitté la cigale des yeux durant le long temps où elle est restée sur le dos, immobile, comme morte, puis elle a frémi un peu, ses ailes ont vibré par à-coups soulevant un petit souffle de poussière, enfin elle a fini par se remettre sur ses pattes. Ensuite, elle a tourné péniblement sur elle-même pour se positionner face à moi. Elle a cligné des yeux, elle m'a tiré la langue et m'a crié : « *Hijo de puta* »... avant de s'élever verticalement, tel un hélicoptère, puis de foncer tout droit, très vite dans la direction de mon visage. J'ai attendu stoïquement la dernière seconde pour faire une feinte de la tête et entendre à deux doigts de mon oreille la cigale kamikaze s'écraser contre le mur dans un sourd bruit d'explosion.

J'ai fait un bond... Les éclairs et les grondements du tonnerre envahissaient la chambre...

J'ai toujours aimé les nuits d'orage.

Rafa

Il faisait très chaud, je marchais vite sur le boulevard Victor-Hugo en direction des arènes, cherchant l'ombre des grands arbres. Je portais à bout de bras deux lourds sacs de plastique remplis de bouteilles de jus de fruits et d'eau. Je dus m'arrêter un instant pour soulager mes doigts ankylosés. À l'instant où je posais précautionneusement mes sacs sur un banc, je sentis une main sur mon épaule et une voix essoufflée me dit avec l'accent espagnol : « Nimeño ! *Dios,* que tu marches vite ! On te suit depuis la Maison carrée... Tu as une minute ? »

En me frottant les doigts, je me tournai vers un homme d'une soixantaine d'années au visage buriné et très bronzé, un homme que je connaissais mais dont je ne me souvenais plus le nom, ni rien d'autre d'ailleurs, si ce n'est que j'avais dû le rencontrer dans le monde de la tauromachie, il y a longtemps, lorsque Christian était encore en vie. Je m'apprêtais à le questionner quand une femme – sa femme, dit-il – arriva à notre hauteur et se glissa entre nous deux. Je vis immédiatement dans ses yeux, qui me fixaient avec insistance, une inquiétude. Elle semblait vouloir m'avertir de quelque chose qu'elle ne pouvait pas dire.

« Tu vas toujours aux arènes, demandais-je à l'homme, dans l'espoir que sa réponse me donnerait une indication sur son identité...

— Non, répondit-il, je n'y vais plus. Tu sais, aujourd'hui, c'est plus comme avant ! Tu te souviens lorsqu'il fallait piquer ces énormes corridas de Miura… Il y en a plus des toros comme ça aujourd'hui ! C'est fini… »

Tout me revenait, l'homme c'était évidemment un torero, c'était Rafael, le picador… il portait une chemisette à manches courtes, largement déboutonnée sur sa poitrine bronzée, zébrée de cicatrices claires. Au bout d'une chaîne d'or pendait un amas de médailles qu'il caressait parfois du bout des doigts. Soudain, il me demanda avec gravité :

« Comment va notre Christian ? C'est vrai qu'il ne va plus jamais toréer ? Dis-moi la vérité ! »

Sa femme me regardait à nouveau fixement. Les yeux de l'homme s'étaient embués de larmes mais ses narines étaient pincées, ses mâchoires et ses lèvres serrées pour contenir son émotion.

« La vérité, c'est que Christian ne va plus jamais retourner dans les arènes. Jamais. »

Il hocha la tête puis sa main agrippa mon épaule et la serra fortement, il dit d'une voix grave :

« Je comprends. Tu l'embrasseras de ma part !

— Bien sûr, de ta part. »

Nous nous sommes donné une accolade puis j'ai posé deux baisers affectueux sur les joues de sa femme pour lui dire tout ce qu'à mon tour je ne pouvais pas exprimer autrement.

J'ai repris mes sacs et j'ai continué mon chemin sans m'arrêter jusque chez moi. J'ai grimpé en soufflant les trois étages, j'ai rempli le frigo, je me suis servi un verre puis j'ai ouvert en grand la fenêtre. Un petit courant d'air presque frais est venu se plaquer sur mon visage moite. Mon regard a balayé la place, les grands alisiers, la statue du torero et les arènes comme d'habitude. Au loin, vers la tour Magne, le ciel bleu était extraordinairement lumineux, il se teintait peu à peu, presque à vue d'œil, de lambeaux de nuages roses, violets, orange, jaunes. Jusqu'au coucher du soleil d'autres couleurs apparaîtraient, se transformeraient et disparaîtraient avec le noir de la nuit qui finirait par les effacer. J'ai dit tout bas : « Christian, Rafa t'embrasse. »

Miroir

Christian n'aura jamais eu les sourcils broussailleux, jamais eu à découvrir ses premiers cheveux blancs, jamais remarqué sous une pommette un enchevêtrement de minuscules rides comme les mailles d'un filet. C'est ce que je pense en scrutant dans le miroir le visage fatigué et vieilli qui est désormais le mien.

Je pense à mon frère, mort depuis plus de vingt ans et dont le souvenir, ce matin, est si violent que je sens naître en moi une sorte d'alarme, d'avertissement : ne surtout pas me laisser emporter une seconde fois.

Car tout s'était déroulé ici même. Comme aujourd'hui, j'avais ôté mes lunettes pour me raser, puis j'avais approché mon visage très près du miroir mais mon regard n'avait pas glissé sur mes yeux comme d'habitude, il s'était au contraire plongé en eux fixement. J'étais resté ainsi immobile, mes yeux dans mes yeux à me regarder, me voir jusqu'au moment où cette trop longue fixité brouilla ma vue au point d'effacer mon visage sous une sorte de tache tremblotante et floue. Je fermai puis j'ouvris les paupières… la tache avait disparu mais à sa place je vis avec une netteté stupéfiante le visage et les yeux de mon frère… les yeux et le beau visage lisse de mon frère Christian… Vivant ! Vivant comme moi. Ses yeux tristes étaient incrustés dans les miens. Je ne bougeai pas, je ne respirai plus… C'était bien Christian là, en face de moi… J'étais émerveillé. J'avais envie de rire de bonheur. J'ai pensé : mon Dieu, ce n'est pas possible, c'est trop beau… C'est très exactement sur cette pensée que le visage, dans le miroir, cessa d'être celui de Christian pour redevenir le mien, avec ses lourdes paupières gonflées, ses yeux rougis, ses cheveux blancs, ses sourcils broussailleux et juste au-dessus des joues mal rasées, sous chaque pommette un petit creux où s'entremêlent tout un tissage de minuscules rides. Le cœur battant, encore essoufflé par l'émotion, j'ai ouvert à fond le robinet du lavabo, pour asperger d'eau froide mon visage brûlant.

Le doigt pointé sur mon reflet, j'ai postillonné sur le miroir : « Plus jamais ça ! Plus jamais... » J'ai ressassé, toute la journée puis une partie de la nuit, le déroulement de cette impressionnante vision. Ce mirage, totalement faux et totalement vrai... Je me sentais écrasé par un sentiment d'écœurement et de grande tristesse. Je me sentais coupable, aussi. Honteusement coupable et je ne savais pas pourquoi. Je ne savais pas de quoi. L'explication ne m'est venue qu'en pleine nuit dans un pénible sommeil sans image où une voix très triste répétait : « Tu te rends compte, il a revu son frère et il ne lui a pas dit un seul mot. Quelle honte ! »

Terrón

C'était à l'époque où j'allais encore assister à l'entraînement des toreros dans les petites arènes de Caissargues, aux portes de Nîmes. Ce matin-là, dès mon arrivée, un gamin m'avait dit : « Hier, il est venu un drôle de type, un Espagnol que personne ne connaît… Il est arrivé à pied de Nîmes avec une sacoche en cuir pleine de figues qu'il avait dû ramasser en chemin. Il les a bouffées en nous regardant toréer. De temps en temps, il gueulait : *"¡Tócalo coño! ¡Crúzate, joder!"* Un mec bizarre, il est resté longtemps à nous regarder puis il est parti sans nous parler… »

Plus tard dans la matinée, alors que je fumais à l'ombre sur le marchepied de la barricade, le gamin me dit : « Regardez, celui qui arrive, c'est lui. » Je reconnus immédiatement Pablo Gómez Terrón.

« Terrón ! Torero ! Que fais-tu ici ?

— *¡La puta vida!* »

Nous avons parlé longtemps… Il semblait très heureux que je me souvienne de lui et du temps de ses succès. Je n'avais pas de mérite, au début des années soixante, lors de mes premiers séjours prolongés en Espagne, Terrón était souvent au centre des conversations taurines. Et les photos de lui qui paraissaient régulièrement dans la presse le montraient aussi souvent triomphant dans les arènes que convalescent sur un lit d'hôpital. Tout allait bien pour lui, il vivait sans le savoir les meilleures années de sa vie. Il était populaire, il avait des contrats et même les professionnels les plus jaloux ou sceptiques disaient : « Ce fou de Terrón est bien capable de se faire riche. »

Je me souviens du frisson de peur qui parcourait les gradins dès que Terrón apparaissait en piste, il affichait un incroyable mépris du danger de sorte que, tout au long de ses combats, le public ne cessait de craindre l'accident. Pas une course où il ne voltige sur les cornes, ne soit accroché, bousculé et par malchance bien trop souvent grièvement blessé. Il sortait de l'hôpital généralement contre l'avis des médecins pour aller crânement s'immobiliser entre les cornes comme s'il ne s'était rien passé. Terrón ne savait pas faire autrement. Il avait trop de courage, trop d'amour-propre et pas assez de métier pour éviter ces accidents à répétition qui lui faisaient perdre un grand nombre de contrats. Il expliquait simplement en trois mots sa façon de faire : triompher ou mourir.

Hors de l'arène, il ne ressemblait toujours à personne : il avait un franc-parler, une absence de diplomatie exacerbée par son caractère entier et ombrageux. Une grande gueule, disaient les uns, un *tío,* un homme, un vrai, disaient les autres. Son parler vrai, son anticonformisme, ses colères lui valurent beaucoup d'inimitiés et de jalousie, et malgré ses nombreux succès dans l'arène, il assistait indigné à la diminution du nombre de ses contrats. Persuadé d'être victime d'une injustice, Terrón n'avait pas de mots assez durs pour dénoncer haut et fort le monde des affaires, les combines, la veulerie de certains professionnels. Pour tenter de donner un second souffle à une carrière en déclin, il décida de prendre l'alternative. Le toro de la cérémonie l'avait attrapé de plein fouet dès la première passe de muleta le long de la barricade. Il avait entraîné le toro au centre de la piste, l'avait brillamment toréé et tué avant d'aller tout droit se bagarrer avec Dámaso Gómez, son parrain, qu'il accusa d'avoir volontairement bougé dans le *callejón* provoquant ainsi l'accrochage du début de faena. Terrón avait triomphé avec ses deux toros malgré une fracture de la clavicule qu'il ignora jusqu'à la fin de la course.

« Sacré Terrón, disaient les aficionados entre admiration et consternation, courageux, personne ne peut lui enlever ça, mais il est ingérable, incontrôlable… » Ce bouche-à-oreille contribua à dégrader davantage son image. Il décida alors, douloureusement, de tourner la page de la tauromachie. Sa vie fut une longue errance, une lutte orgueilleuse contre les démons de la nostalgie. Incapable d'oublier le temps des toros, privé d'une passion dont il avait fait le sens même de son existence, il souffrait beaucoup. Quelque dix ans après son alternative, il tenta un retour pour une dernière corrida à Palma de Mallorca où il donna son cachet à une association caritative en déclarant : « Je ne m'en vais pas, on me chasse », puis il disparut du monde des toros. Il voyagea en France et ailleurs, vécut à Paris, exerça des tas de métiers dont il parlait peu et débarqua un jour à Nîmes avec toujours la fièvre des toros dans le corps.

Là, en quelques semaines, il cessa d'être un inconnu, il était devenu ou redevenu pour les jeunes toreros et les aficionados le matador Pablo Gómez Terrón. Il prit plaisir à se retrouver dans cette ambiance taurine où il pouvait raconter, polémiquer autour du sujet qu'il connaissait le mieux et qu'il aimait le plus. Il n'avait rien perdu de son franc-parler, il était toujours aussi direct et peu diplomate. Moi, j'avais avec lui une relation paisible, je me cantonnais dans mon rôle de témoin du temps de sa gloire. De plus, j'aimais parler avec lui de cette époque, car Pablo avait une mémoire stupéfiante. Il me téléphonait toujours le soir, souvent en pleine nuit pour revenir sur une conversation inachevée, ou pour me dire qu'il avait enfin retrouvé le prénom du salopard qui, trente ans auparavant, avait été le responsable d'un grave malentendu avec le directeur des arènes de Huelva… L'ennui c'est qu'il téléphonait aussi lorsque j'étais en voyage. Une nuit, après avoir décroché trois fois sans que personne ne se manifeste, ma compagne

Françoise, excédée, avait crié : « Terrón, je sais que c'est vous ! ça suffit ! Alain n'est pas là, n'appelez plus ! » Pas démonté pour un sou, il avait répondu : « Non, c'est pas moi ! »

Les dernières fois que je le vis, c'était au bar *Le Méditerranée*, chez Marius, où nous regardions les corridas télévisées de la San Isidro à Madrid. Pablo était étonnamment calme, grave, presque triste. Il regardait attentivement l'écran et sursautait lorsque les toreros étaient en danger : « Quel mérite, ils ont ces types... quel mérite ! », murmurait-il en hochant la tête.

Il parlait beaucoup de la mort. « Alan, je vais mourir, je le sens... » Il me parla aussi du suicide de mon frère Christian : « N'oublie jamais qu'il faut beaucoup de courage pour se tuer. » Plusieurs fois, il me répéta qu'il avait presque fini d'écrire un livre : « Je te le donnerai, tu en feras ce que tu voudras... Tu verras que je ne me dégonfle pas. Je dis toute la vérité. »

Ce furent nos dernières conversations. Il disparut comme il était arrivé.

Un soir de ce même été 1999, TV Andalucia, que je regardais distraitement, ouvrit son journal avec l'annonce de la mort étrange du matador Pablo Gómez Terrón. On avait découvert son corps sans vie dans une piscine. Il y eut un début d'enquête, sans suite. On ne sut jamais vraiment ce qui s'était passé. Ni pourquoi Terrón avait quitté Nîmes pour retourner dans son Andalousie natale, ni pourquoi c'est dans une propriété du matador Chamaco qu'il trouva la mort.

Ce dont je me souviens, c'est d'un plan large filmé depuis les hauteurs de Huelva, je vis d'abord les images d'une villa et en contrebas, malgré le rideau des arbres, la tache bleue d'une piscine et des gens qui s'affairaient autour. Le zoom de la caméra avait rapproché l'image jusqu'à faire distinctement apparaître un groupe d'hommes qui posaient sur une civière un corps torse nu et l'emportaient comme un torero blessé.

Comme un torero blessé.

¡Vivo!

Cette nuit, dans mon rêve, une voix amicale et joyeuse m'apprit l'incroyable nouvelle : mon frère Christian était de retour ! On l'avait vu ! Il n'allait pas tarder à arriver et je devais aller l'attendre dans une clairière à la sortie de la ville... Pour la trouver, il me suffirait simplement de marcher toujours face au vent et je tomberais immanquablement sur elle. Ce fut facile.

Je n'avais jamais rien vu de semblable : au milieu de l'aridité de la garrigue, toute une étendue verte d'herbes nouvelles, constellée de nombreuses petites flaques d'eau scintillantes. De plus près, au frémissement continu de la surface, je compris – émerveillé – que chacune de ces flaques était une source ! J'étais arrivé. Le vert somptueux des herbes ne m'était pas inconnu, c'était celui des grands micocouliers devant les arènes, lorsque début avril les branches se chargent de feuilles naissantes. C'est alors l'explosion d'un vert lumineux, inoubliable et rare, il ne dure pas plus d'une semaine. Après, les feuilles ternissent, s'obscurcissent jusqu'à se teindre en un vert banal qu'on ne s'attarde pas à regarder.

J'attendais fébrile et parfaitement heureux à l'idée de reparler à Christian. Qu'aurait-il à me raconter ? Que devrais-je lui dire ? Je me demandais par où il arriverait, je scrutais autour de moi les cicatrices claires des sentiers dans l'épaisseur des arbustes recouvrant les collines.

Christian sera-t-il resté jeune ? Aura-t-il l'apparence des jours, des mois précédant sa mort ? Ou bien, comme moi, aura-t-il vieilli et le vent ébouriffera-t-il de longs cheveux blancs ? Ce dont j'étais sûr, c'est que malgré mon immense curiosité je ne le questionnerai pas tout de suite sur le monde des morts d'où il venait. Je gardais malgré tout l'espoir qu'il voudrait bien m'en parler… Ce que j'étais en train de vivre était invraisemblable, je le comprenais bien mais je voulais y croire de toutes mes forces et j'y croyais. Quelque chose m'avait même, en quelque sorte, préparé à cette situation extraordinaire.

C'était quelques jours auparavant, au cimetière, devant sa tombe. Je ne m'étais pas attardé comme à l'habitude sur ce qu'elle avait de laid, de triste, de poussiéreux… Je l'avais même trouvée belle, seulement honorée par l'ombre noire et magnifique d'un grand cyprès. La poussière soulevée par le mistral ne me piquait pas, ne m'avait pas fait cligner les yeux que je gardais grands ouverts, sans crainte ni larmes. Perché sur une croix de pierre un gros chat noir et blanc semblait m'observer ou guetter une souris… La scène me fit sourire. De toute évidence, je n'étais plus sous l'emprise de mes pensées de cimetière. Quelque chose, ce matin-là, semblait me protéger de toute tristesse. D'abord, il y a eu ces deux oiseaux blancs venus se poser l'un à côté de l'autre sur une branche de pin. J'étais trop loin pour les reconnaître… Peut-être deux colombes blanches comme celles du poème de Lorca si bien chanté par Nilda Fernández ?… J'ai retrouvé le refrain puis les paroles : mais les colombes ne sont pas blanches, elles sont « *oscuras* », écrit le poète. Je n'ai pourtant vu aucun signe négatif dans mon erreur, j'ai même pensé que les colombes obscures n'étaient peut-être que les ombres des colombes blanches… Plus tard, à la sortie du cimetière, en repassant devant l'alignement des arrosoirs, je n'ai pas repensé aux plantes sur les tombes mais à notre petit plant de piments argentins sur le rebord de la fenêtre. Et puis au blé et aux lentilles que nous faisons germer sur un lit de coton à la Sainte-Barbe, infaillible recette pour ne pas trop manquer d'argent toute l'année ! Une heure entière dans un cimetière à ne penser qu'au meilleur des choses, c'était déjà incroyable !

Et maintenant, j'étais là dans l'étrange clairière circulaire du rendez-vous, cheminant de source en source pour calmer mon impatience. Je me répétais le dernier conseil de la voix qui m'avait mené jusqu'ici : « Sois patient, très patient, surtout n'appelle jamais ton frère, tu ferais tout rater… Et reste très attentif. »

Malgré ma concentration et mon excitation, j'ai senti peu à peu la fatigue me gagner. Je me suis allongé dans l'herbe, les mains derrière la tête, les yeux dans le ciel jaune et je me suis endormi d'un seul coup – c'est ce qui m'a réveillé.

Passerelles

Depuis que je n'appartiens plus directement au monde de la tauromachie, ma navigation à vue en dehors de lui me fait parfois accoster ou échouer sur des terres inconnues ou si peu connues que je me sens décontenancé. Heureusement, quelquefois, la chance s'en mêle et je découvre qu'une passerelle me relie encore à quelque chose de connu et de rassurant.

Une de ces passerelles est le peintre Claude Viallat. Comme il me demandait un texte pour accompagner une série de dessins tauromachiques dont il voulait faire un livre et que je cherchais, sans succès, à écrire quelques lignes pas trop ridicules sur lui et sur son travail, je dus me résoudre à lui avouer que je n'y arrivais pas. Sa réaction fut simple et immédiate : « Ne t'inquiète pas, écris en pensant aux toros, pas à mes dessins. Comme moi, tu aimes la tauromachie, moi je la peins, toi tu l'écris. Alors d'une façon ou d'une autre, mes dessins et tes textes finiront naturellement par se rejoindre. »

Je n'ai jamais oublié ces conseils. Grâce à eux, quelque temps plus tard, j'ai pu à nouveau contourner mon ignorance concernant un autre aspect de son travail : les cerceaux. Je m'en suis tenu simplement à ce que cette forme me suggérait : des arènes. Les circonférences des arènes, mais surtout celles rondes ou ovales formées par les barricades de bois sur la piste. L'important n'étant d'ailleurs pas la forme elle-même, mais le fait qu'elle soit fermée, délimitant une frontière entre deux territoires : l'intérieur et l'extérieur.

L'intérieur de l'arène-cerceau c'était la piste sablée, le lieu où se rencontrent et s'affrontent les toros et les toreros. Autrement dit, ma vie d'hier.

L'extérieur, c'était tout le reste, tout autour, c'est-à-dire l'inconnu de ma vie d'aujourd'hui.

Hier, l'arène pour moi était une loupe et j'étais sous la loupe. Aujourd'hui je suis au-dessus de la loupe et curieusement j'ai le sentiment de voir moins bien. Nous parlions souvent avec Claude de ces étrangetés, plus encore lorsqu'en 2008 il se vit proposer les arènes de Nîmes pour y travailler à sa guise. Je compris son enthousiasme à pouvoir disposer ses oriflammes tout en haut des amphithéâtres, ou suspendre ses superbes bâches dans les couloirs et sous les arches.

Par contre, je ne comprenais pas le sens de son installation la plus étrange, au cœur de la piste.

De quoi s'agissait-il ? À huit mètres du sol, accrochées depuis le toril jusqu'à la présidence, trois cordelettes élastiques rouges (des sandows), tendues parallèlement, traversaient par le milieu tout l'ovale de la piste ; trois autres étaient pareillement tendues dans la largeur de l'ovale pour venir croiser perpendiculairement les premières, créant ainsi un carré parfait avec ses médianes. Si le soleil voulait bien s'y prêter, les ombres frêles des cordelettes se dessineraient noires sur le sable blanc, se déplaceraient, se déformeraient lentement durant le temps de la corrida puis finiraient par disparaître, avalées par l'ombre immense du monument en fin d'après-midi.

Dans leur lente course, les ombres des cordelettes dessineraient ainsi une infinité de tracés différents. Tout était calculé pour que le carré se trouve à onze heures du matin à l'endroit des piques puis à dix-sept heures en plein centre de la piste.

J'étais étonné par la somme de travail déployée pour un résultat aléatoire qui dépendrait essentiellement du soleil et des nuages ! En fait, il s'agissait de l'indispensable part de risque que la démesure et la fonction du lieu exigeaient.

C'est alors qu'un souvenir s'imposa à mon esprit avec une étonnante précision. C'était en 1968 à Paris, Simon Casas et moi-même étions toreros, nous venions d'obtenir la bourse de la Fondation de la vocation et nous parlions passionnément avec un autre lauréat, le funambule Philippe Petit qui, quelques années plus tard, devint célèbre pour ses traversées entre les tours de Notre-Dame et celles du Word Trade Center. Lui parlait sans cesse de son câble, nous de nos toros. Tard dans la soirée ou dans la nuit, Philippe a dit : « Un jour, je tendrai un câble tout en haut des amphithéâtres, il traversera par le milieu l'ovale de la piste des arènes de Nîmes. Vous serez en bas dans vos costumes de lumière, moi à vingt mètres au-dessus de vos têtes, je marcherai lentement au même rythme que vous, ce sera un paseo magnifique. Si le soleil est de la fête, mon ombre marchera, peut-être, avec vous sur le sable. » Cette nuit-là, aucun de nos rêves, ni les siens, ni les nôtres, ne nous parurent irréalisables…

À cette époque, Claude Viallat fréquentait déjà les gradins des arènes et parfois même la piste, mais travaillait-il déjà sur les cerceaux ? Avait-il rêvé du plus grand des cerceaux : les arènes de sa ville ? Il n'est peut-être pas urgent de lui poser la question. Car si le soleil refusa de briller assez fort pour que la savante installation des cordelettes prenne vraiment vie, et s'il n'y eut jamais de paseo avec l'ombre d'un funambule sur le sable, ces choses ont néanmoins quelque part existé. Existé autrement. Existé subtilement, comme des souvenirs de rêve.

Le sens de la marche

Peu de jours avant mon départ, Christian Gaillard m'avait téléphoné : « J'ai appris que tu viens à Paris pour présenter ton dernier livre, si tu pouvais passer un moment à l'atelier, je voudrais que tu emportes un portrait de ton frère que j'ai réalisé pour toi, en souvenir du passé… »

Il avait dissimulé la générosité et l'amitié de son geste sous une abrupte considération pratique : « Tu vas vraiment t'emmerder pour transporter ce grand format, dans les rues et dans le train », m'avait-il déclaré, en riant.

Jusqu'au départ du TGV, ma préoccupation avait été de ne pas abîmer l'œuvre seulement protégée par du papier bulle à travers lequel je devinais, comme sous un brouillard, les broderies du costume de lumière. Dans le train, une fois la toile posée en sécurité contre les accoudoirs des fauteuils donnant sur le couloir, je me suis dit que jusqu'à Nîmes je n'avais plus à m'inquiéter. J'ai fermé les yeux et je me suis mis à penser, malgré moi, à tous les détails du dernier voyage que j'avais fait avec mon frère à peine un mois avant son suicide. C'était aussi un trajet Nîmes-Paris-Nîmes mais en avion.

Christian avait fini par accepter l'invitation du Club taurin de Paris. Il faut dire que j'avais insisté… Ce petit voyage, pensais-je, en l'éloignant de son quotidien, lui ferait peut-être du bien, mais au fur et à mesure de la réception, du repas qui suivit et surtout durant le retour à Nîmes, je compris que ce voyage n'avait servi à rien.

À l'aéroport, alors que nous attendions en salle d'embarquement, Christian s'aperçut qu'il n'avait pas les cadeaux achetés pour ses enfants. Il se leva péniblement puis me dit avec une insupportable tristesse dans les yeux : « Vas-y toi, s'il te plaît, ça ira plus vite… j'ai dû laisser le sac sur la banquette tout à l'heure. » Durant presque tout le vol, il avait gardé les yeux fermés et je l'avais imité. Peut-être, me regardait-il parfois furtivement à travers ses cils comme je le faisais moi-même. Nous gardions les yeux fermés pour dissimuler notre désespoir, pour ne pas avoir à en parler… c'était terrible.

En sortant de la gare à Nîmes et dès mes premiers pas sur le boulevard, une très violente rafale de mistral faillit m'arracher le tableau des mains. Pour le protéger, j'ai dû m'arrêter et diriger le tranchant face au vent en attendant une accalmie. Sous le papier bulle, qui tremblait et vibrait, le visage et les mains de Christian semblaient bouger. J'ai repris ma marche en choisissant les rues les plus abritées du vent. En vue des arènes, les doigts blancs crispés sur les quelques prises que m'offrait le léger cadre en bois, je repensais au livre que je venais de présenter à Paris, *Le Sens de la marche*… Le sens de la marche, c'était aussi ce que j'étais en train de faire amèrement : rentrer à la maison avec mon frère sous le bras.

La bonne distance

Un matin, Daniel, mon ami d'enfance, m'a dit : « Assieds-toi, j'ai quelque chose à te dire. J'ai une orange dans un poumon, une tumeur de la taille d'une orange. » C'était le début d'un chemin de souffrance dont le médecin qu'il était n'ignorait rien…

Dans sa chambre à l'hôpital, un interne est entré et je me suis levé du fauteuil pour sortir : « Non, reste », m'a-t-il dit.

Pour m'isoler un peu de leur conversation, je me suis approché de la baie vitrée et j'ai regardé les collines de la garrigue… mais j'ai pourtant entendu l'interne lui dire : « Bon, on va vous donner un léger antidépresseur. » Daniel a répondu : « Non, merci c'est inutile, je ne suis pas dépressif, je suis malheureux. »

Ces mots justes, précis, sont restés quelques secondes comme suspendus dans le silence puis ils se sont incrustés dans mon cœur.

Je me suis réveillé ce matin, Christian, avec une drôle d'envie : réentendre ta voix. Ça n'a pas été difficile car les cassettes que tu m'envoyais lorsque je ne t'accompagnais pas en Amérique, je savais exactement où je les avais rangées. Ta voix au début – salut frère, ou salut Alain – était toujours un peu triste et puis peu à peu la description de ta vie de lutte, seul, si loin, la rendait plus forte et plus claire, et je souriais à ce changement qui me rassurait. Je pensais : il est courageux mon frère. J'ai traversé, longtemps après ta mort, une maladie qui aurait pu me faire te rejoindre, et pour ne pas me laisser abattre, je me suis encore servi de toi, j'ai essayé d'imiter ton courage. Je pensais : tu es le frère de Nimeño II, ne lui fais pas honte. Et cela m'a vraiment aidé, car les raisons de s'effrayer ou de se laisser aller ne manquaient pas…

Dans la salle de chimiothérapie, durant les séances, l'obligation de rester longtemps immobile n'offre à celui qui ne ferme pas les yeux que peu de sujets d'observation. Les malades qu'on branche ou débranche, le travail silencieux des infirmières, la télévision, tout ça ne semble intéresser personne. Alors on jette un coup d'œil au goutte-à-goutte, au cheminement du liquide dans les tuyaux transparents, on le regarde s'écouler pour aller se perdre dans vos veines… Parfois, un voisin, une voisine vous offre par son regard quelque chose de généreux et gentil que vous vous efforcez de lui rendre. Parfois, vous sentez que le regard est mauvais, et vous regardez ailleurs. Le temps passe et vous vous concentrez sur ces instants de votre vie dont dépend votre vie. Vous pensez à votre traitement avec confiance car vous savez qu'il vous veut du bien, vous êtes calme, vos idées coulent alors simplement comme le liquide dans votre corps… Vous venez de trouver la bonne distance. Séparant les deux rangées de fauteuils où, face à face, les malades viennent s'asseoir pour y recevoir leur injection : un aquarium géant. Il est rempli d'eau mais vide de toute vie. Seul un petit poisson en plastique rose, couché au fond sur le sable, frémit parfois car un système d'oxygénation fonctionne encore, pour rien. Les trois patients de ma rangée ne voient et ne sont vus des trois patients d'en face qu'à travers les vitres et l'eau… Curieusement, ce n'est pas vraiment triste.

Je n'ai jamais demandé combien de temps durait une séance de radiothérapie. Comme elles furent nombreuses, j'ai fini par trouver un stratagème pour ne pas m'impatienter et rester calme : je récitais en silence de la poésie. Je commençais toujours par Rimbaud, les onze premières strophes du « Bateau ivre » (je n'ai jamais pu en mémoriser plus), je continuais avec « À la Musique » et si je terminais avant la fin du traitement, j'ajoutais les deux strophes de « Sensation » qui faisaient, presque, à coup sûr l'appoint. Pour varier, j'avais aussi quelques textes en réserve comme « La supplique » de Brassens dont je finis par découvrir à cette occasion que la quatorzième strophe qui manquait toujours à mon compte... n'existait pas. Je dois reconnaître que souvent, emporté par la beauté des textes, j'ai éprouvé une sorte de joie.

Une fois allongé, positionné sous l'appareil, les infirmières sortaient et me laissaient seul. J'attendais qu'un voyant rouge m'indique le début de l'irradiation pour débuter ma « lecture silencieuse »... Me croyant isolé, je gardais les yeux fermés et je bougeais, à peine un peu, les lèvres. Pour les premières séances, je ne savais pas qu'à l'étage au-dessus, les mêmes infirmières surveillaient les patients sur un écran... Elles ont peut-être pensé que je priais.

Trèfles

Le portail de fer avait dû rester très longtemps grand ouvert car ses deux battants étaient solidement immobilisés par de hautes herbes, très vertes, brillantes, éclatantes de santé.

J'avançais lentement, écartant du bout des pieds les tiges qui m'arrivaient au-dessus des genoux lorsque mon regard s'arrêta sur un énorme et magnifique trèfle à quatre feuilles. En me baissant pour le cueillir, je ressentis une grande joie, mais l'excitation de ma découverte ne dura que quelques secondes.

Le temps de constater, incrédule puis stupéfait, que j'étais littéralement entouré de trèfles… tous à quatre feuilles ! Des centaines, des milliers de trèfles avaient complètement colonisé le cimetière et ses allées. Seules, les tombes les plus hautes et les croix dépassaient de ce foisonnement compact de porte-bonheur. C'était très beau et très triste. Je ne suis pas resté longtemps immobile mon trèfle à la main car une grande peur s'est emparée de moi et j'ai voulu me sauver. J'ai fait demi-tour pour revenir sur mes pas… Mais je ne trouvais, curieusement, plus aucune trace de mon passage précédent, pas d'herbes écrasées, ni de tiges brisées. Rien. Un champ vierge. L'herbe, que j'avais piétinée quelques minutes auparavant, n'avait quand même pas pu se redresser ou repousser aussi vite… De plus en plus mal à l'aise, persuadé que j'étais en danger, j'ai couru vers la sortie mais j'ai dû m'arrêter, essoufflé, face au portail de fer dont les deux battants étaient maintenant fermés et à nouveau solidement coincés par de hautes herbes… J'étais enfermé. On m'avait enfermé. Qui m'avait enfermé ici ? Qu'est-ce que tout cela voulait dire ? J'ai jeté, avec rage et dégoût, le trèfle dont je tenais toujours la tige pincée entre le pouce et l'index, et les deux mains crispées sur la poignée du portail je l'ai secoué de toutes mes forces… Rien à faire ! J'étais bien enfermé dans cet inquiétant cimetière. Je commençais à paniquer, à penser avec terreur que tout cela allait finir très mal. Puis d'un seul coup, soulagé, j'ai compris que je n'étais que mort !

Collection « Faenas »

Pierre Arnouil
Ignacio de Cossío
Grandes faenas du XXe siècle

José Miguel Arroyo
Joselito, le vrai

Camilo José Cela
L'Aficionado
Toreros de salon

Manuel Chaves Nogales
Juan Belmonte matador de taureaux

Olivier Deck
Les Yeux noirs

Luis Miguel Dominguín
Pour Pablo

Jacques Durand
Humbles et phénomènes
Rafael le chauve

Erdosain
Très véridique relation des événements qui entourèrent la mort des célèbres toreros Fortunato Vásquez et Fortunato Márquez selon diverses sources profanes et religieuses

François Garcia
Bleu ciel et or, cravate noire

Jean-Michel Mariou
Ce besoin d'Espagne
Le Chauffeur de Juan

Francis Marmande
À partir du lapin
Curro, Romero, y Curro Romero
Rocío

Alain Montcouquiol
Le Fumeur de souvenirs
Le Sens de la marche

Fernando Quiñones
La Grande Saison

Yves Revert
Carlos et Budd, ovation et silence

Ignacio Sánchez Mejías
L'Amertume du triomphe

Nadège Vidal
Petits désordres autour des taureaux

François Zumbiehl
Le Discours de la corrida

*

Verdier/poche

José Bergamín
La Solitude sonore du toreo

Alain Montcouquiol
Recouvre-le de lumière

*

Revue *Faenas*, six numéros

Cet ouvrage a été achevé d'imprimer en août 2021
dans les ateliers de Normandie Roto Impression s.a.s.
61250 Lonrai
No d'imprimeur : 2103768
Dépôt légal : octobre 2021

Imprimé en France